向海許願
向風祈禱
而後
向妳起誓
汐見夏衛
Natsue Shiomi

雖然天真爛漫的你一直相信神的存在，
但我卻認為世上沒有神明。
半點都不信。
因為命運是如此的殘酷。

可是——如果真有神，
神啊，拜託祢。

不要讓他更難過了。
請讓我珍而重之的他、一直相信祢的他幸福。

即便把我的幸福全都給他也無妨。

所以，拜託，拜託——。

目錄

向海許願　向風祈禱　而後向妳起誓

第一章　海之沫

從深深、深深的海底，從藍藍、藍藍的幽暗中緩緩浮上的透明水泡，在碰到泛著光亮的海面時，砰一聲破開。

——就像這樣，我一下子醒了過來。

濁流一般的跳動聲，在我耳朵深處迴盪。怦怦狂跳的心臟從內側激烈敲擊我的胸口，近乎疼痛。

我全身溼透，滿是汗水。明明冷到背脊發涼，臉上卻奇妙地發燙。

我暫時就這樣躺在棉被上，睜著眼睛，看著天花板上的汙漬。

那是什麼汙漬啊……對了，小學一年級時，我在情人節那天和優海一起做巧克力炸彈往天花板丟。結果被奶奶大罵『不要玩食物』……那時的我是第一次被奶奶罵，儘管覺得可怕，卻也感到有點開心……。

我茫然地想著，腦子就清醒過來了，想起「一切」的我，掀開毛巾被，緩緩起身。

我離開棉被，移動到書桌旁的掛曆前。從擺在桌上的筆筒裡拿出紅色麥克筆，翻動掛曆頁面。然後，確認「那一天」的日期後，畫上大大的星號。

——那是，我的『命運之日』。

在那天之前，我有非做不可的事。

我緊緊蓋上筆蓋，凝視著星號，抿著嘴唇。

我必須下定決心。為了自己，也為了重要的人。

在『命運之日』到來之前，我要傾盡全力、利用僅剩的所有時間，去做我做得到的一切，無論如何都會貫徹到底。

即使付出一切也不可惜。因為，這點東西就是我所得到的一切。就算只有一點點，我也想還回去。雖然不管回報多少一定都不夠，但我還是想盡我所能去做。

我把掛曆翻回這個月，然後把筆放回原處。

拉開桌子最上方的抽屜，從抽屜深處拿出一個小箱子。這是奶奶給我的，一個裝飾著珠珠的古老木盒，是收存重要物品的祕密寶箱。

我輕輕打開蓋子。

和優海一起去河邊玩時找到的美麗藍色小石頭、和優海一起喝的彈珠汽水瓶裡的彈珠、奶奶教我和優海做的壓花、優海全家出去玩時當伴手禮送我的沙漏，以及其他許許多多滿載回憶的物品。

還有，淡淡櫻花色的碎片。是號稱撿到就能召喚幸福的美麗貝殼——櫻貝的碎片。把它放在光源下，便會透出柔和的粉光，閃閃發亮。

那像紙一樣薄，稍稍用力便會立刻碎裂似的脆弱碎片，是優海在沙灘上找到，然後一分為二，兩人平分的東西。

當時撿到這片櫻貝時，上頭全是沙。為了不弄碎它，我們小心翼翼地拂去上頭的髒汙，接著仔細地用水洗淨。往日的情景，仍歷歷在目。

我站在窗前，唰一下拉開窗簾。夏季清晨的強烈陽光，照得房間裡一片白。全身沐浴在眩目的亮光下，我有種身體中湧起一股力量的感覺。

一定可以。不，非做不可。

窗戶的另一邊，是一片湛藍的海洋。包圍著我們成長的這座城市的海洋。總在我們身邊，是日常生活的一部分。孕育許多生命的溫柔海洋，同時也是奪走許多生命的恐怖海洋。

我沉默地捧著櫻貝碎片，看向眼前一望無盡的大海。

又是新一天的開始。乍看似乎一如往常，但確實有哪裡不同的一天。

我開始和平常的早上一樣去洗手間洗臉、整理睡亂的頭髮，和奶奶一起在起居室吃早餐，刷完牙之後回到房間，換上制服、拿起書包，走出家門。

不讓任何人發現我心中萌生的隱密念頭，過著「一如往常的一天」。

心懷小小的祕密與大大的決心，我深吸一口氣，走出房間。

第二章　風之色

「奶奶，我出門嘍——！」

在縷縷晨光照進的幽暗廚房中，我對著正在收拾早餐的背影喊了一聲。奶奶轉過頭，微笑說「慢走，路上小心」。

好——我一邊回答，一邊想。

奶奶，有這麼矮嗎？奶奶的背，有這麼佝僂嗎？奶奶的手腳，有這麼細瘦嗎？

或許是因為每天相處在一起，所以沒有意識到而已，時光確實在流逝，奶奶正一點一點地老去。或許我明明知道，只是假裝沒看見罷了。

為了振奮一早就有點低落的精神，我刻意用活力滿滿的步伐往玄關走去，然後大聲地朝房裡再次說「我出門嘍——」後，衝出家門。

出門後，我關上大門回頭看。這個從媽媽帶我到這裡來時的五歲起，到我已經是個高中一年級學生的現在，一直跟奶奶兩個人住在一起的家。來這裡之前發生的事情我幾乎都不記得了，所以我的人生跟這個家是休戚與共的。

我原本理所當然的認為，接下來也能繼續住在這個我閉著眼睛都能走來走去的家裡。可每個人都總有離家的一天。或許是長大成人的時候，或許是結婚的時候。但是，我已經知道，有一天我正常的日常生活會被奪走。

就在我一邊怔怔地看著家，一邊滿腦子胡思亂想的時候。

「Na——gisa——！」

傳來笨蛋般開朗的聲音。

緊接著，是咔噹咔噹超快速踩腳踏車的聲音。而後是嘎一下緊急煞車，喀嚓放下停車腳架的聲音。接下來，是啪答啪答跑過來的腳步聲。

一如往常的喧鬧，我不用回頭都知道這是誰的聲音。

「凪沙（註），早安──！」

咚，我的背後傳來輕輕的撞擊感，一雙手臂立刻從兩側環抱住我。

「受不了──一大早就熱得要死──。」

被人從背後緊緊抱住的我皺著眉往斜上方看。一如預期，是帶著滿臉笑容，我的青梅竹馬優海的臉。

他細細的淺色細軟髮軟綿綿地搖動，閃亮亮地反射著太陽光。有著明顯雙眼皮的大眼睛，現在一臉開心地瞇成細線。

「讓妳知道我的愛有多熱烈啊──啊哈哈。」

不管我用多困擾的表情看著興高采烈這麼說的他，他都一臉不在意的模樣。

我們從幼兒園時成為朋友開始就一直在一起，從中學一年級期中算是開始交往。雖然他總是很溫柔，很照顧我，和他見面聊天很開心，是個相當棒的男朋友，但他太喜歡我，導致有時候會變得非常麻煩，算是個小缺點吧。

優海微微歪著頭看著我，開口詢問。

（註）「凪沙」的日文發音為「Nagisa」。

「妳剛剛怎麼心不在焉的呀，凪沙。好難得喔。」

「沒什麼啊——？」

我一邊草草帶過，一邊離開優海緊緊環抱的雙臂，把雙手放在自行車的龍頭握把上。跨上車，腳踩在踏板上，迅速騎了起來。

然後優海匆匆忙忙地說「啊，等我等我」，衝回被他放在一邊的腳踏車，飛快跳上座墊就追了上來。

這之間我漸漸加快速度。回頭一瞥，優海的身影一眨眼就變小了。

「凪沙——不要丟下我啊——！會寂寞至死的喔我——！」

優海慌亂的樣子太有趣了，我不由得輕笑出聲。像幼犬一樣。我一邊聽著優海追著我的自行車聲音，一邊全力踩踏板。

一條滿是被海風吹到褪色木造住宅的小巷。穿過這裡，就到了沿海而行的國道。

視野瞬間明亮起來。眼前開展著海的群青藍，覆蓋其上天空的水藍，從水平線滾滾膨脹積雨雲的白，鄰近住宅區背後群山的綠。

三百六十度，都是夏天的景象。為什麼到了夏天，一切的顏色都這麼清晰鮮明呢？就連吹來的風，都彷彿帶著清爽的顏色。

我們所居住的鳥浦町，是個小小的港口城市。

比起港口城市，或許漁村更適合它獨特的寂寥氛圍。雖然有個冠上「漁港」之名的地方，但那裡只停泊十幾艘小型漁船，比起漁港，感覺更像是個碼頭。儘管在二十幾年前市町村整合中，把幾個附近的漁村合併，取名「鳥浦町」的樣子，不過大人們還是用「村」來稱呼自己的聚落。

「呼——終於追上了——。」

優海一臉開心地排在我身後。我稍微放緩了車速。要是繼續這樣騎下去，到達目的地之前就會沒力了。

「凪沙，妳今天也要去參拜嗎？」

聽到他這麼問，我保持面朝前方的點點頭。

「嗯，是喔。」

「這樣啊。那，我也一起去——。」

「謝啦。」

我這次稍微往旁邊看，點點頭，然後優海明顯開心地笑了。

「不管怎麼說，凪沙真了不起啊——每天都有確實的去參拜。」

我知道，這麼說的他總是比我更認真的合掌祈禱。但我沒有特別提。

「嗯，我是代替奶奶做的嘛，不可以偷懶吧。」

我們倆一邊騎著腳踏車，一邊循國道北上。

時間還早，所以路上幾乎沒車。頂多就是有些在連防護欄都沒有的步道上散步的長輩。

左手邊是海，右手邊是鬱鬱蔥蔥的淺山。在這之間，低低的房屋櫛比鱗次，宛如貼在平地上。這是十年來每天一直會見到的風景。

風吹過頭髮，輕飄飄的翻飛，我開始慢慢熱起來的脖頸接觸到清爽的空氣。

馬上進入七月。隨著太陽的熱力開始增強，這個海邊的小城一口氣熱起來。夏天沒有遮陽的東西熱到幾乎要融化，冬天沒有擋海風的東西冷到快凍成冰塊。是這樣的小鎮。

接近目的地，我握住煞車。兩個人並排在電線桿後面停下腳踏車。

騎車的時候被風吹著還涼，但車子停下來的瞬間，我的額頭冒出汗水。

「熱爆——。」

熱得滿身汗的優海，盡可能拉高襯衫下擺去擦太陽穴。我啪一下拍在他一點都不害羞露出來的肚子上，出聲喊「欸」。

「難看死了！都已經是高中生了，不要做小孩做的事情。」

「欸——？又沒人看見。」

「要是不從沒人看見的時候就注意，一不小心就會在人前表現出來。這就是習慣。」

「原來如此，不愧是凪沙。」，優海乖乖點頭後，遮住腹部，舉起手臂用襯衫袖子擦汗。

雖然不要用衣服而是用毛巾或手帕擦比較好，但一口氣說這麼多的話，優海的腦子好像會當機，所以一次一個。

離住宅區有點距離，被樹木圍繞的小小草地。這裡是我們的目的地。

正確來說，是矗立在這片草地一隅的祠廟，還有奉祀在此、爬滿青苔的縱向方形石頭。一般稱「龍神大人之石」。

相傳這是一塊蘊含著神明力量的石頭，保佑住在這裡的漁夫們出海平安與人們的生活，現在也受到主要是年長者的信仰。

我家奶奶也不例外，深信每天來參拜這塊石頭能夠得到龍神大人保佑。要是不珍惜水源、胡亂弄髒的話，會觸怒海與水之神的龍神大人而被懲罰。鳥浦的孩子，都是聽著這樣的故事長大的。

以前我總是被奶奶帶著兩個人一起來，但最近奶奶的腰腿變差，走路很辛苦，所以這一、兩年都是我自己一個人來參拜。

我從放在腳踏車前籃的書包裡拿出奶奶親手做的束口布袋。裡面是奶奶每天早上準備好的，裝在絲綢袋子裡的白米和裝在小瓶子裡的酒。

首先對著祠廟一鞠躬，然後把酒灑在石頭上。日本酒獨特的味道刺激鼻腔，輕飄飄的擴散。

接著，把白米唰唰地從絲綢袋子裡倒入放置在石頭前的小供盤裡。而後合掌敬拜。這一連串的動作我已經駕輕就熟，熟到不用思考，身體就會自己動作的程度。

優海站在我身邊，仔細看著我獻上清酒和白米，但在我開始面向石頭敬拜時，他也同樣雙手合十。

對神明無所求的我總是很快就抬起頭，他依舊緊閉著雙眼敬拜。滿臉認真。

知道我每天都會去參拜神明之石的人，總說我還這麼年輕真是了不起啦、信仰虔誠啦，不過其實我完全不信神明。所以，參拜時也只是雙手合十做做樣子而已。

但是，優海似乎是真心相信有神。所以，他總是比我認真參拜，不是和我一起來時，也老老實實地合掌敬拜。

天真爛漫，更確切地說是樂天無腦的傢伙。明明回顧過去的人生，應該很明顯地認知到神不存在。到底為什麼這麼認真的祈禱啊。明明神應該是不存在的啊。

想到這，我總是傻眼地看著優海的背影——到目前為止。

我再次雙手合十，朝著龍神大人之石深深鞠躬。

因為他還默默地雙手合十，所以我趁這段時間收拾好東西，把供品放進書包裡。然後從旁邊看著還誠心敬拜的優海，發現他後腦有睡翹的頭髮。蓬鬆的頭髮，就只有一處明顯翹著。

在優海似乎拜夠了，終於鬆手睜眼的同時，我拉住他睡翹的頭髮。

「哇，幹嘛幹嘛？」

「你頭髮亂翹——。」

「欸，真的假的？」

「真的是很懶散啊。」

我嘆了口氣，說「那，我先走了」，騎上自行車飛馳而去，然後他說「等、等我等我」，慌慌張張地追了上來。

「才不等呢——跟你這種頭髮睡到亂翹的傢伙一起走丟臉死了——。」

「欸欸——怎麼這樣，凪沙——!!」

「好啦好啦，再不趕快的話要遲到嘍——!!」

我一邊笑一邊對著天空喊叫。無邊無際的廣闊夏日藍天，瞬間吞沒了我微弱的聲音。

回到國道上，我們拚命在杳無人煙的路上奔馳。再次被風吹拂，汗水一下子飛遠。輕撫臉頰的涼爽，讓我瞇起眼睛。

就這樣騎著自行車沿著國道北上約十分鐘左右，有個貫穿C半島的私鐵（註）車站，從這裡開始國道變成沿著鐵路走。看著呼嘯而過的電車，拚命騎腳踏車騎了三十分鐘左右，越過城市邊界，終於抵達我們就讀的「水津高中」。

鳥浦町所在的T市是個只有大海、民宅與小店的荒涼小鎮，但位於半島中心的S市，雖說是鄰市，卻完全是不一樣的景象。市中心的車站與國道周圍有許多餐廳和便利商店，還有娛樂場所、綜合超市和大型購物中心。鳥浦人說「上街」，指的就是到S市市中心來。要大筆購物或玩樂也都是這裡。

到中學為止，我讀的都是鳥浦町裡的學校，所以以前覺得這個城市很遙遠，來玩或買東西是一年只有幾次的樂趣。但是，從四月開始就讀這個城市的高中三個月來，還是習慣了，不再覺得稀奇。現在反而是回到鳥浦時有種鬆口氣的感覺。

一看排在我身旁等紅燈的優海，睡翹的頭髮果然明顯的晃來晃去，我在意得不得了。

優海長了一張相當端正的臉，帥到曾被人開玩笑的問「把照片寄給演藝事務所看看？」，但本人卻對自己的外表毫不在乎，就算頭髮睡翹、眼睛沾著分泌物、臉頰上有食物渣，也毫不在意的出門。

（註）日本民營或是私有的鐵路。

「……真是，拿你沒辦法。」

我傻眼的伸手去弄他翹起的頭髮，然後優海開心的笑了。

「謝謝凪沙，好溫柔喔。」

「不是溫不溫柔，只是跟頭髮睡亂的傢伙在一起很丟臉而已。」

「啊哈哈。」

對我的嫌棄也只是哈哈一笑的優海，到底有多樂天無腦啊，我瞠目結舌。

我聳聳肩，檢查他的頭髮，果然還是翹著。非得到學校後把人拉去水龍頭邊弄溼整理才行。真是個需要人照顧的傢伙。

號誌燈轉成綠色，騎在連接最近的車站與高中的大馬路上，能看見走路往學校去的人群。是搭電車上學的學生們。學校有離車站近的地利之便，所以水津高中的學生們幾乎都是搭電車上學。

鳥浦雖然也有站點，我們不是不能搭電車上學，但因為每站都停的慢車一個小時一班，很難在剛好的時間點抵達學校。只能選超早到和逼近上課時間才到。而且，必須要在途中的車站轉車等快車，最終所花的時間和騎自行車上學幾乎無異。

因此，雖然雨天、熱天、冷天有點辛苦，我和優海還是沒搭電車，騎自行車上學。悠閒騎個四十五分鐘車的期間，兩個人能好好聊天，也是很愉快的。

在我們稍微放慢車速，經過走路的人群後，聽見「優海，早安」的聲音。按下煞車兩人同時回頭一看，是同班的黑田龍同學微笑著輕輕揮手。

「喔——是龍啊！早啊——！」

優海也滿臉笑容地揮手回禮。

黑田同學接著也對我微笑，打招呼說「日下同學早安」。我一邊從自行車上下來和他並肩而行，一邊回「嗯，早」。

「優海，今天要交英文的長文閱讀作業，你有帶嗎？」

「當然有帶！」

「喔，了不起了不起。」

被黑田同學摸摸頭，優海開心地「嘿嘿嘿」笑了。

一頭棒球隊風格的俐落短髮，身材高大，給人冷靜感覺的黑田同學，似乎是優海在打青少年棒球時在友誼賽認識的。那時一拍即合，經常出去玩。

因為小學、中學讀不同的學校，優海因故不再打棒球後就疏遠了，但偶然考進同一所高中能再見面，而且還在同一班，優海看起來是真的很高興。

雖然優海說『是超級好朋友啊——』，但我看來，與其說是超級好朋友，感覺更像黑田同學是飼主，優海是聽話的幼犬。不過這不太好聽，所以我不會說出口就是了。

我一邊想，一邊看著被黑田同學稱讚一臉心滿意足的優海，腦中忽然回想起了件在意的事。然後想起昨晚發生的事，我啪一下拍拍優海的頭。

「痛爆。妳幹嘛啊——凪沙。」

「得意洋洋的被人家讚美什麼啊。優海，你根本忘了有作業吧。要是昨天我在電話裡沒說，你應該又會惹老師生氣了。」

「唔……的確是。」

「哈哈，這就是優海啊。」

擅長照顧別人的黑田同學，總是關照著忘東忘西的優海。過去我一直扮演著照顧優海的角色，升上高中後突然被他搶走了一部分的工作，心中百感交集，但現在覺得幫了大忙。

「……優海就拜託你了，黑田同學。」

我小聲地說完，他微微睜圓了眼睛。

「日下同學是怎麼了，這麼慎重。」

我慌忙露出笑容。

「嗯，怎麼說呢，就希望你之後還是幫他注意功課的事情啦。」

「這樣的話，不用我注意，日下同學是最照顧優海的吧？」

黑田同學覺得好玩似的瞇起眼睛。

「說是這樣說，但如果有黑田同學就更安心了這樣？」

「嗯？算啦，那就交給我吧。」

面對燦爛笑開的黑田同學，我稍微鬆了口氣。

「啊，為了不給黑田同學惹麻煩，我會盡力管教他就是了！」

而後，一直靜靜聽著我們對話的優海一臉不覺得有趣的鼓起臉頰。

「什麼啊——你們兩個。又是照顧、又是惹麻煩的。不要把我當小孩啊。」

「要是這樣想的話就自己好好做。都是優海不好，老是忘東忘西的！」

「是啊是啊。」

「……算了，就這樣吧，是我不好。」

黑田同學笑著對垂肩開口的優海說「真誠實」。我也覺得好玩的笑了。然後調整心情，挺直背脊，對優海宣布。

「是說，我決定了。接下來要嚴格訓練優海。」

「欸，怎麼回事？」

優海睜大眼睛看向我。

「優海腦子裡只有社團活動，其他的事情都會迅速忘光，隨便做做對吧？都已經是高中生了，這樣下去不行啊。所以，要訓練你自己的事情要自己完成！」

「欸──？」

「接下來我不會一一幫你確認作業，你要自己好好掌握交作業的時間喔？」

「欸，凪沙，太無情了吧！」

「才不無情！這點事情大家都是自己做的，所以優海也可以喔。」

「但是我希望凪沙照顧我啊～～」

「你小孩嗎？」我吐槽一邊嘟起嘴一邊說的優海。輕笑出聲的他，突然皺起眉頭盯著我看。

「真是──為什麼突然說這些呀？」

被他用這麼認真的聲音一問，我瞬間想了想該怎麼回答。

「……因為，我沒辦法一直照顧你，不是嗎……？」

我用近乎顫抖的聲音強調，試圖假裝鎮定地回答，但就在這個時候，身後傳來的一個聲音讓優海的注意力轉往那邊，大概沒聽到我在說什麼。

我鬆了口氣，也轉過身，看見和優海同是籃球社的林同學過來，開始聊社團的事情。

聊作業就不開心，聊籃球就立刻眼神亮了笑起來。本來擔心他不打棒球的時候會怎麼樣，但如果他這麼喜歡籃球的話，就太好了。

不過，可惜的是，人生並不全是喜歡的事。學生的本分應該是讀書，社團只是副業。要是不好好處理討厭的事情，就會影響到喜歡的事情。我親眼所見。

所以，不管怎麼樣，我都必須執行訓練優海的計畫。

我給自己打氣，好，開始吧。

「早安——！」

優海一如往常的，帶著笑容大聲道早，走進教室。

我吐槽他聲音太大，但已經到學校的同學們一起看過來，一邊笑一邊回應「一大早就這麼有精神喔」。我和黑田同學跟著進了教室後，注意到我們的同學也一一打招呼。

我們就讀水津高中一年級普通科A班。還有一班普通科B班，其次有商科兩個班、農業科和水產科各一個班。雖然是一個年級總共六班的中型學校，但想升學的人、想就業的人、想學習專門知識與技術的人都能廣泛的學習，所以是這附近非常知名的學校。

由於大部分學生都是從當地中學升上來的，因此班級從一開學就充滿溫馨、友善的氛圍。一個學期即將結束的現在，大家就像是在同一個教室一起共度了好幾年一般感情緊密，感覺很舒服。

「凪沙，早安。」

一到座位上就跟我打招呼的，是我最好的朋友，佐伯真梨。

我們同是鳥浦中學的畢業生，儘管當時只是點頭之交，不過因為高中同班，所以很快就變成了好朋友。她是個給人軟綿綿感覺的可愛女孩。

「吶吶，數學的預習內容可以借我看一下嗎？雖然覺得今天應該會對，但我沒信心都能回答正確。」

「可以呀，哪一題？」

給真梨看數學筆記時，從教室後門傳來「喂——三島——！」喊優海的聲音。回頭一看，教日本史的老師一臉生氣的雙手抱胸。優海一看，立刻「啊！」的喊出聲，臉色發白。

「我忘記啦——!!」

這一叫讓我傻眼的皺起眉頭。這傢伙真是什麼都能忘。扶不起的傢伙。

迅速站起來的優海，就這樣奔往老師跟前。

「老師對不起！我忘光了！」

「真是的，你知道我昨天是什麼感受嗎，真是！」

班上的同學一邊苦笑，一邊看著兩人的互動。真梨也呵呵笑著跟我說。

「三島同學，好像又忘記什麼了啊。」

「老師叫他放學後去，結果他完全忘記直接去社團活動了。」

我聳聳肩回答，真梨啪啪拍起手來。

「好厲害喔，像凪沙和三島同學這樣交往，就什麼都不用問就能知道啊。」

她的話讓我小小嚇了一跳，補了一句「也許吧」。然後笑著繼續說。

「莫名就是知道。反正就是這樣吧。」

另一頭，優海還在挨老師罵。

「我一直在準備室等你來喔，等到天黑！」

「欸——真的抱歉老師……我知道得去，但課一上完，腦子裡就全都是社團活動的事情了……。」

「這就是為什麼會說要你寫備忘了啊。」

「這也忘記了……對不起。」

聽到老師和優海的對話，真梨睜圓了眼睛看著我。

「超——厲害的凪沙，正中紅心，幾乎就跟妳猜測的一樣欸！嚇死人了。好厲害喔，不愧是凪沙。」

我啊哈哈地笑著回答。

「因為當了十年的青梅竹馬啊。」

「是啊。還有三年的男女朋友。」

「哈哈。這麼一想，是真的在一起很長時間了。」

青梅竹馬十年，其中三年是情侶。

但是，在交往前的七年間，我們也有不在一起的時候。這件事我沒有告訴高中的同學，之後也不會提。雖然是鳥浦人都知道的事，大家應該不會對此多說什麼。因為，優海雖然臉上不顯、嘴上不提，但應該絕對不想被提及此事。所以，我也什麼都不會說。

我和優海，從孩提時起的七年間都是最好的朋友，去哪裡、做什麼都是一起，片刻都不分開的一起度過，中學一年級時開始交往。是這麼一回事。

「好，知道了嗎。午休時間絕對要過來喔。」

老師的話，讓我一下子回過神來。

一邊道歉說對不起——一邊目送老師離開的優海回到我們這邊來。

「凪沙——！我又不小心忘了。」

知道會惹我生氣，所以老實來報告這點很有趣。

「日本史的小考啊——我考得很差所以被叫去補考，但昨天是可以用體育館全場練習的日子，所以想著得早點去社團活動，就把補考的事情全忘了。」

「真是的——優海真的只管社團活動。你來學校不是來參加社團活動的吧？」

「欸，不是嗎？」

「不是不是，學校是念書的地方啊!!」

「啊，原來如此啊。也會念書啦，啊哈哈。」

平常會在這個時間點一起笑一笑就過去了，但之後不能這樣了。我表情嚴肅地看著優海。

「我知道你很喜歡社團活動，但不能老是這樣。好，那麼現在開始準備補考！」

「欸～～不要一大早就開始啦——休息時間再讀。」

「你就算說了也會馬上就忘了吧。好，拿出課本來。」

優海不情不願地打開日本史課本。可憐是可憐，但我決定接下來實行斯巴達教育。不能說慢慢來。

「馬上就要期末考了唷？我聽說籃球社只要有一科不及格，就不能參加暑假的比賽喔。」

「啊——嗯，是這樣的……妳好清楚喔，凪沙。高中的社團活動好嚴格喔。」

我可以想像，拿到好幾個紅字，暑假都在暑輔，不能去練習，甚至連比賽都不能參加，對優海而言是最糟的發展了。

「所以，距離考試還有兩個禮拜，得好好讀書不可！好不好？」

「我知道了！我會加油！」

坦率是優海最大的優點了。很好騙這點真是幫了我大忙。

「那麼，從現在開始，為了不要忘記作業、預習、預定小考的時間、被老師叫去的事情等等，你都要做筆記。還有，準備期末考要好好讀書！要好好訂立計畫做筆記唷？」

「嗯——筆記啊？我偶爾也會做筆記，但會不小心把紙弄丟——所以應該沒什麼意義吧——？」

「會弄丟的話就不能寫在紙上。得寫在筆記本或手帳上。」

「我沒這種東西啦。」

「嗯……。」

大概是這種大剌剌的性格所致，優海從小就很不會注意小細節。所以幾乎不會做筆記，因此常常忘記交作業，常常被老師罵。

雖然不拘小節是優海的優點，但太粗心而老是忘東忘西的話，出社會之後一定會遇到麻煩。本想著在高中、大學期間稍微成長些，到進入社會前努力點什麼，但若是這樣就不能再這麼期望了。

「好，我知道了！那放學後，就去買手帳吧！今天社團活動休息對不對？我會幫你選個適合的。」

我深知如果這麼說，他一定不會拒絕，因此我如是宣布。

如果是我選的東西，優海一定會很珍惜，應該會物盡其用，這點我有信心。

就像對我而言優海的存在是特別的，對他而言，我的存在也是特別的。一定。

「真的嗎！凪沙要幫我選？好高興！」

如我所料，優海滿臉堆笑地跳起來。真的是很單純。

「好，放學後的約會——我本來想說今天沒有社團活動，所以放學後會很無聊——不過，要是能跟凪沙一起出門就精神百倍啊！」

「不用更有精神也沒關係，很吵。」

「什麼很吵，真冷淡！」

「好好，我知道了。那麼，為了不要再次在放學後補考，要好好讀日本史啊。」

「好，我會加油！」

優海一邊笑嘻嘻的，一邊開始複習小考範圍。

看著我們，黑田同學和真梨忍著笑說「真的很單純」。

「要讓優海動起來，日下同學是最有效的啊。」

「三島同學是真的很喜歡凪沙啊。沒看過這麼黏踢踢的情侶吶。」

「溺愛啊。不隱瞞這一點更厲害。是很有優海表裡如一的風格。」

優海和我，是班上，更確切的說是年級中公認的感情好。

要是被人知道正在交往，在大家面前就不知道該用什麼表情說話才好，所以我其實是不想讓人知道的，但是老實到蠢的優海，在開學第一次的班會上說：

『我是鳥浦中學畢業的三島優海。興趣是凪沙，喜歡的四字成語是日下凪沙。』

這種愚蠢的自我介紹，不只班上同學，立刻就傳遍了整個年級。他在社團活動時也不避諱的提到我，搞不好連學長姐都知道。

一開始會在意其他人的眼光，覺得很尷尬，要是有其他人在，我就盡量不會跟優海多說什麼，但看他這麼光明正大，一切隱瞞變得毫無意義，我現在也不躲躲藏藏的了。

雖說如此，在國語文應用課上寫『親愛的凪沙，非常非常喜歡妳，愛愛愛著妳』這種白痴般的俳句，英文課上發表英文日記時，每一頁都以『I love Nagisa』開頭的行為，還是恥到爆，進而讓人火大就是了。

之前還有過他自豪的到處跟男生們說「我下禮拜六要跟凪沙去玩喔——很棒吧——」，真是丟臉到不能再丟臉。

「真是被愛著呢，凪沙。」

真梨賊賊的笑著說完後，一邊雙手捧頰一邊低語「好好喔，我也好想有個男朋友喔」。

「像三島同學那樣，每天低聲說很多遍愛語給我聽，溫柔又溺愛我的男朋友！」

「不不，優海不是低語而是大喊。又吵又會給附近鄰居帶來困擾，所以真梨還是找個更安靜穩重的男朋友比較好。」

我立刻這麼說，真梨和黑田同學一起笑了起來。

當事人彷彿沒有聽到周圍其他人的對話，盯著課本看。一如往常的專注。

優海不是個聰明敏捷的人，基本上個性也慢悠悠的，並不擅長讀書。中學考試成績總是不到總平均，不擅長的科目幾乎都是班上最低分。不過，能夠考進這所必須要有升學學校等級偏差值的高中普通科，是這份專注力的結果。

我決定要考這所學校是中學三年級夏天的時候，當時優海宣布『我也要跟凪沙讀同一所高中！』。不聽老師、朋友們『絕對不可能的，你放棄吧，選個安全的學校考』的苦勸，退出社團後，每天從早到晚努力讀書，最後成績大幅進步到連老師都嚇到，真的考上了。

雖然每個人都非常驚訝，但我，只有我，一點都不懷疑他會考上。從小，優海碰到自己喜歡的事物，就會聽不見其他人的聲音似的全心投入，決定要做的事情一定會完成。所以，我認為他一定會考上。

優海想做就做得到。要怎麼讓他有動力，就看我的本事了。一直和他在一起的我，很清楚他的思維模式和行為動機，所以沒問題。為了優海能確實記得作業並且交出去，為了期末考每一科都能及格，然後——。

非做不可的事情，有很多。必須要全部好好的、沒有疏漏的、一步一步踏實的去做。時間看起來還很多，但轉眼即逝，所以得抓緊時間。

「凪沙，走吧！」

回家前的班會一結束，優海就飛奔到我的座位來。

「好快！」

「因為我提早收拾準備回家啊！了不起吧。」

「是很好啦，但你有仔細聽老師說的話嗎？」

「聽了聽了。」

「那，明天早上前要交出去的書面資料是？」

「欸？」

這一如我預期的反應，讓我明顯地聳聳肩。

「果然啊。又心不在焉了吧。明天要交過敏調查表啦！」

「啊，好像是欸。」

「真是……等下去買了手帳，要好好做筆記喔。」

「了解——！」

優海啊哈哈的笑了，然後拉住我的手，讓我站起來。

「那，我們趕快去吧！」

「好好……。」

總覺得比起原本要去買手帳的目的，他更期待其他的事情。

「啊——能跟凪沙一起放學約會，好像在做夢啊。」

在往鞋櫃走的路上，優海興奮地說。

果然；我在心裡嘆了口氣。算了，我也知道就是了。

「中學的時候我們不也經常一起回家，回家路上也會繞一下嗎？」

「但是啊，放學回家去買東西約會什麼的，像是高中生的感覺很棒嘛！」

在我們高中，優海隸屬的籃球社練得很勤。平常只有週六、日都跟比賽或練習賽撞到的時候才會休息，一個月大概只有一天。另一方面，我是回家社的，要是回家太晚奶奶會擔心，所以方向雖然和優海一樣，但會各自回家。

所以，光是一起回家就覺得有些開心，我也是一樣的，但優海太開心會很吵，所以我沒有說出口。

他笑嘻嘻地打開鞋櫃櫃門。在我想著他看起來真的很開心啊的時候，忽然想起了什麼，拿出手機。

我沒讓優海發現偷偷打開照相機。然後對著他滿臉笑意的側臉按下照相鈕。

喀嚓一下快門聲音響起後，優海睜大眼睛轉過頭來。

「欸，什麼什麼，拍我嗎？」

「嗯。」

優海「欸欸——」的喊出聲。

「為什麼為什麼？是說，總覺得表情超怪的！」

「嗯，就如同你觀察到的，表情超奇怪的喔。」

我揶揄似的說，收起手機，從室內鞋換上樂福鞋。

「算了，無所謂就是——反正也不是好看的臉。但為什麼突然拍我照片啊？真稀奇。」

「……沒什麼，沒特殊意義。」

我微低著頭回答的瞬間，看著自己鞋子的視野中，突然出現優海的臉。

「哇，嚇死人了——！」

即使我語帶責備的說，他還是沉默地看著我的臉。

「……幹嘛啦。」

開口問了也沒有答案。只是，平靜的眼神捕捉著我的目光。

「被這樣盯著看很害羞欸——。」

開玩笑似的說完，我迅速轉身。就這樣走出玄關大門，直直往停車場去。

優海一邊走在我身側，一邊繼續凝視著我。

「幹嘛啦，我臉上有什麼東西嗎？」

「沒啊？和平常一樣是可愛又漂亮的臉龐喔。」

「……笨蛋。」

雖然和平常一樣，但話說得太直接讓人尷尬。

雖然想繼續說我不可愛，但就過去的經驗而言，這一說出口，優海就會強烈否認，然後開始沒完沒了的說他覺得我的可愛之處，所以我沒開口。

我再嘀咕了一句「笨蛋」後轉回頭，但優海的目光始終沒有離開過我身上。

「夠嘍，幹嘛啦。不要這樣盯著我。」

「……有點──奇怪啊。今天早上開始就莫名怪！樣子很怪。凪沙很奇怪！」

優海皺著眉頭、嘟起嘴唇說。

「奇怪、奇怪什麼的，沒禮貌。」

我想再次打哈哈搪塞過去，但氣氛還是很尷尬。

我沒辦法對優海說謊。因為十年來，我們幾乎所有的時間都在一起，彼此的牽絆深厚，宛如家人，所以沒辦法隨便糊弄過去。

「……就，做了個惡夢。所以想了很多，或許因此跟平常不一樣吧。」

我苦澀地說出口後，優海張大眼睛。

「惡夢？什麼樣的夢？」

「……一個痛苦、悲傷、恐怖的夢。我不打算想起來，所以不想說。」

優海停下腳步。我也停下來抬頭看他，發現他表情非常痛苦。然後下一個瞬間，優海的雙臂猛地張開，把我抱住。

「……夢見糟糕到不想想起的夢啊？」

耳邊是優海的聲音。溫柔的聲音，讓我不由得閉起眼睛。

「夢見這麼恐怖的夢，凪沙……好可憐。」

不知道為什麼，他的聲音幾乎要哭出來似的，好奇怪。

啪啪，拍拍我的背脊的手。然後，我的頭被緩緩地摸了摸。

「有我在。我會保護妳，所以妳不用再害怕了。別擔心了，凪沙。」

溫暖手掌的感觸與溫柔的聲音，讓我噗哧一笑，嗯一聲點頭回答。

「嗯，已經沒事了。全部都忘了。」

我一下子抬起頭露出微笑，優海也笑了開來。

這時候，傳來咻一聲揶揄似的口哨。

「還是這麼甜蜜啊——。」

一邊笑一邊喊我們經過的，是籃球社的林同學。然後我意識到我們還在學校裡而尷尬了起來，但優海若無其事地笑著回「羨慕吧——」，用力抱著我。

「等等，優海……放開我，這裡是學校！大家都在看。」

「有什麼關係——又不是在做什麼壞事啊——。」

「是這樣沒錯，但不是這個問題啦。不要在別人面前黏踢踢的。」

「那，回去之後再黏踢踢吧——。」

優海呵呵一笑，牽著我的手邁出腳步。

這瞬間，手與手像是吸住般熟悉。就像拼圖拼上了缺少的一塊一般，找到了失去的寶物一般，感覺很滿足。

我雖然傻眼的說你真是的，但自己最清楚自己一點都不驚訝。

然後，我忽然笑了出來。想起了以前的事。

小時候我怕狗。特別怕常去玩的空地附近養的大型犬，被牠一叫，就嚇得雙腿動彈不得。某天和優海一起走在那條路上，看見我被狗嚇的樣子，他立刻握住我的手。然後和剛剛一樣對我說『我會保護妳的，不要怕』。我裝作沒有注意到其實他的手也在發抖。

我們就這樣兩人緊緊握著手，一口氣跑到大狗面前。優海說『妳看，不可怕』的笑臉，如今依然宛如昨日、歷歷在目。

我一邊笑著回想，一邊用沒牽著的手拿出手機，再次偷偷地拍了身邊的優海。面朝操場，對棒球社朋友揮手的優海，這次似乎沒有發現快門的聲音。

我看著螢幕上的他。被夏天陽光照耀著閃閃發光，顏色明亮的蓬鬆頭髮，以及不輸陽光的燦爛、明亮而柔和的笑容。

真好，我想。待在優海的身邊，感覺很好。在總是帶著穩重笑容的他身邊，就覺得被溫和的空氣包圍，連我都覺得溫柔起來。

「優海，這個怎麼樣？」

我們去了平常只會經過的學校最近一站，在書店旁的文具專區挑選行事手帳。

由於不是手帳發售的時節，因此種類不多，不過陳列的都是些基本款、熱門款，所以不用浪費時間看來看去很好找。封面、外皮都是典雅款相當樸素，但很像高中生用的，說不定反而不錯。

我找到不錯的開口喊優海，他「嗯？」一聲歪著頭看著我。

「這個，你看。筆記欄很大，空白也很多，優海你大到離譜的字也能寫很多。」

「大到離譜這個說法——算了，的確是大到離譜就是了。」

優海一邊碎念抱怨一邊嘩啦啦翻著我遞給他的手帳，不一會就放棄似的啪一下闔上。

「我沒用過手帳，不懂啦——。」

我知道他會這麼說，所以忍著笑意接過手帳。

「那，這個可以嗎？」

「這個，可以！凪沙說這個好的話，這個就是最好的。」

「這樣啊。那，就買這個吧。」

我拿著手帳往收銀台走去。優海準備從後背包裡拿錢包，我伸手阻止了他。

「沒關係，我買給你。」

瞬間，優海睜圓了眼睛。

「欸，為什麼？我自己買就好。錢的話我有帶。」

「不是，那個……你看，馬上就是你的生日了，我早一點送你生日禮物啊。」

「我的生日？馬上……還有兩個月以上吧？」

「是沒錯啦。但是，你看，任何事情都是早做準備比較好，對不對？」

不讓他再多說什麼，我放了兩張千圓鈔票在收銀台上。

優海雖然一臉不理解的表情，但我把包裝好的手帳遞給他時，他笑著說「謝謝凪沙，最喜歡妳了」。我聳聳肩說「好啦好啦」。

我們一起朝出口走去，騎上停在停車場的自行車。接下來還要騎四十分鐘左右回我們住的小鎮。

「啊，對了。優海，你回去之後記得馬上在手帳上寫下明天要交的東西。趁你還沒忘記的時候喔。」

騎了沒多久，我突然想起來喊優海。

「喔——當然啊。」

「還有，後天小考的預定。還有下下週開始的期末考時程和學習計畫也得寫上去喔。」

「哇啊——工作好多！」

「才不多。之後要把在班會課上聽到的事情立刻好好的寫下來喔，OK？」

「OK！」

不知道他到底知道還是不知道，帶著讓人不安輕笑的優海對著我比了個讚的手勢。我心中決定，明天早上立刻確認。

在我們一邊閒聊一邊騎車的時候，波光粼粼的海洋映入眼簾。回家了的真實感湧上心頭。

越接近海邊，海風越強。全身被這種風吹拂著長大，所以我的頭髮總是粗粗的，皮膚也黏黏的。儘管如此，我們還是很喜歡海。

騎在沿海道路上。風吹得我的頭髮、裙子翻飛。兩個人的影子，在路面上拉得長長的。

從淡藍色的天空落下的光亮，一點一點滲進黃色。馬上就是黃昏，太陽往水平線沉，夜晚即將來臨。這麼一來，今天就要結束了。感覺今天才剛開始，卻要結束了。

去學校上課後回家，一天眨眼就過去了。就這麼生活，時間會像光箭一般瞬間流逝吧。

看似還遙遠的期末考也好、暑假也好，必定轉眼間就到了。時間真的過得很快。

雖然清楚，但我非常、非常想能永遠像現在這樣，一邊眺望海洋、全身被風吹拂，一邊悠閒地和優海騎著自行車，駛向那遙遠的彼方。

第三章　夏之朝

桌上擺著一張紙，我撐著臉擺弄一支筆。這是早上班會課上發下來的升學就業調查表。想考的大學，想考的學院、學系。將來想從事的職業。

之前是寫了什麼啊。我不記得了。

自己寫的自我升學就業規劃，一絲半點都不記得了。也就是說，也就是這點程度的目標。隨便把當下想到的內容填進空格裡吧。

沒辦法了，我這次也拿了放在教室前方書櫃的大學一覽，選個偏差值大概符合的大學和差不多的學系寫上去。

但看到想從事的職業一欄，我的心情難以言說，總之就先空著。

然後，午休時間。

我從自己的座位站了起來，去了真梨的位置，面對面打開便當袋。旁邊的座位是優海和黑田同學。總是這些成員。

「凪沙，那個升學就業規劃的東西，妳寫了嗎？」

被真梨這麼一問，我一邊伸筷子一邊答。

「啊——嗯。那個，大概，隨便寫一下。職業的部分還沒寫。」

「我也是——職業什麼的，跟我講了我也不知道呀。」

這時候，在旁邊一直聽著我們對話的黑田同學看著我們開了口。

「好意外喔。我以為日下同學已經決定好要讀什麼大學、做什麼工作了。」

「不……完全沒有。雖然想說得早點下決定啊，但還搞不太清楚。」

這時候，優海一邊從塑膠袋裡拿出飯糰一邊插話。

「畢業之後的事情什麼的啊，不用這麼急也沒關係啦。我們才一年級啊。」

他打開外包裝，海苔劈啪作響，拿出飯糰。儘管動作一如往常，優海的表情卻異常嚴肅。

「凪沙照自己的space思考就好了。」

一瞬間我不知道他在說什麼，所以停下動作。space……空間？宇宙？真梨和黑田同學也一頭霧水。

然後我立刻發現他是把『pace』錯讀成了『space』，不由得輕笑出聲。

「如果是這個意思，應該是pace吧。」

「啊，對欸！」

優海尷尬的抓抓頭，黑田同學揶揄他「難得說了好話，結果翻車啦——」。真梨也覺得有趣的笑著說：

「三島同學不擅長橫式讀寫啊。之前的通貨膨脹事件也很搞笑——。」

所謂通貨膨脹事件，是在上週公民課時發生的。

優海被點名回答『在某個時期之內，物價持續上升的情況稱為？』。不過他完全不知道答案，就拜託老師『請告訴我前三個字！』，老師便告訴他『inf……』。這時候優海的臉一下發亮，很有自信地說『流感！』。（註）

（註）通貨膨脹（インフレーション　inflation）和流感（インフルエンザ　influenza）的前三個字母都是「inf」。

老師說inf的時候，我就想著別說流感啊優海……結果一如預期，讓我沒力。

時至今日，優海當時的回答還是課堂上的熱門哏。

「啊——那個——大家笑翻了，真是有夠丟臉的。是說，正確答案是什麼啊？」

我傻眼的拿便當盒蓋子在優海頭上啪啪敲了幾下。

「通貨膨脹！真是的，好好記住啊。這是期末考範圍吧？知道嗎？」

「喔——對耶，考試！非得加油不可——。」

嘴上是這麼說，但他帶著微笑的表情卻一點危機感都沒有。

非得認真訓練不可。這時候要狠下心。

「這一點都不緊張的表情是怎麼回事!?決心不夠！開玩笑也要適可而止喔！」

我緊緊皺起眉頭，盡可能用嚴厲的語氣說，優海垂下嘴角說「哇——凪沙好可怕~~」。

看了眼旁邊因覺得有趣而笑起來的真梨和黑田同學，我的肩膀垮了下來，搖搖頭說「我不管你了」。

無視喊著好過分——的優海，我問他們兩人「真梨和黑田同學寫好畢業後規劃了嗎？」。

「我想當體育老師，所以寫教育學院的體育系。」

黑田同學立刻回答。

「哇啊，不愧是黑田同學，好認真喔——很適合當體育老師！」

真梨對黑田同學拍拍手，黑田害羞的笑著說「還不知道能不能當成啦」。

接下來，真梨微笑著開口說「我啊」。

「雖然還沒完全決定，不過我覺得美容工作好像滿有趣的，就查了這類型的專門學校寫上去。」

「哇——很好啊很好啊，很適合妳。」

我一邊點頭一邊說，真梨笑著說謝謝。

中學開始真梨就一直留著可愛的髮型，放假時也會化漂亮的妝和做美甲。和第一次見面的人也很快就能打成一片，所以應該很適合做美容師或美甲師。

這是理所當然的，每個人都有著不同的夢想。

但，我的夢想是——。

在我陷入思考的瞬間，傳來幾乎要哭出來似的「凪沙——」。我抬起頭，發現優海可憐兮兮的看著我。

「妳為什麼不問我啊——。」

「啊——抱歉，我忘了。」

「好過分！」

黑田同學一邊笑一邊問「優海寫了什麼？」。

「喔，想看嗎想看嗎？」

「反正寫的是想成為英雄吧？」

「好過分喔凪沙——我已經不是小孩啦。」

「啊，對喔，那是小學時候的事。中學時說是想成為勇者吧？」

「不愧是優海啊——！」

「啊哈哈，三島同學真的很有趣欸。」

「那麼那麼，假面騎士、蜘蛛人，優海同學在高中會寫什麼呢～～？」

我一邊賊笑一邊說完，優海一臉做出『欸嘿』音效的表情，在大家面前攤開一張紙。

「鏘鏘——看，這就是我的夢想！」

我拿到他的升學就業調查表，一眼就看見想從事的職業一欄上，寫著【紙不夠寫所以寫在背面！】。

到底寫了什麼？我一頭霧水的翻過紙張，上頭是就優海而言很小的字，從上到下寫得滿滿滿。

我一邊笑說「這什麼啊」一邊看，映入眼簾的「求婚」字眼讓我嚇了一跳。

【畢業之後會去工作。能賺大錢的工作！凪沙很聰明應該會去上大學，所以我這期間要努力工作存錢！存到一百萬左右就求婚!!……會太少嗎？有個三百萬左右比較好吧？】

紙上的話語，單純是優海描述將來和我一起的夢想。

【啊，不過，凪沙很認真，所以應該會不想還是學生就結婚？不然等凪沙大學畢業、找到工作之後再求婚吧。啊，還是等工作方面都習慣了之後比較好？啊啊這看凪沙的狀況來決定。】

優海一直把我擺在第一位來考慮。從小到大都沒有改變。

【結婚後建立一個溫暖的家庭！雖然很想要很多小孩，不過生很多個凪沙會很辛苦吧？可是若有兩個或三個就好了。因為沒有兄弟姊妹的話會很寂寞。要是我能生也可以但不可能，我會全力支持、為她加油，努力點應該沒問題？我也會一起努力撫養孩子的！】

沒有兄弟姊妹的話會很寂寞，這話刺進我的心口。眼前浮現出小時候很會照顧人的優海，總是和弟弟廣海一起玩的景象。

【房子不用太大。房子太大會覺得寂寞，小一點的比較好，能一直待在凪沙身邊。然後養狗和貓。因為凪沙喜歡貓而我喜歡狗，所以兩種都養！照顧起來或許辛苦但我會努力。建立一個大家庭，熱鬧又開心的家！】

呼，我嘆了口氣。

「怎麼樣怎麼樣？是很完美的人生計畫吧？」

優海自豪的看著我。閃閃發亮的眼睛裡，滿溢著希望。我深吸一口氣後把紙塞還給他：

「一點都不完美！」

「欸欸——為什麼為什麼，是哪裡不夠？」

「不是不是，與其說是哪裡不夠，是最重要的事你沒寫啊。這是升學就業的調查，所以想從事什麼工作是最重要的吧。但是，『能賺大錢的工作』是什麼啊？沒有具體性。」

「欸欸～這樣啊，的確……。」

「一定得重交的。重寫！去拿一張新的紙。」

「唉啊……。」

優海沒力的低下頭。就在我想著這樣應該能安心了的瞬間。

「但是但是但是！就我和凪沙的未來規劃圖而言，很完美吧！」

又沒完沒了了啊，我聳聳肩。

「不是——我沒辦法跟做這種白日夢般人生規劃的傢伙考慮將來的事啊。」

「欸欸!?那，要怎麼做才行!?」

「首先好好讀書，得在公司找到穩定的工作。要是處在不知道什麼時候會沒工作的狀態之下，就不能安心結婚吧。啊，當然要查清楚是不是黑心企業再就職喔。我沒辦法跟一個沒在公司好好工作的人一起考慮將來的事。」

我適當地露出笑容，盡量說得不是開玩笑也不是認真的。

優海喊著「真的假的——這太難了——」掩住臉。聽到這話，其他人喊著什麼什麼的聚集過來。

優海笑著說「我的將來規劃！」，把紙遞給他們，然後重新轉向我。

「我想和凪沙結婚！和凪沙共築一個幸福的家庭！」

即便是這麼尷尬的宣言，已經習慣了的同學們也毫無反應，一邊嘻嘻笑著一邊讀優海的作文。

我聳聳肩、搖搖頭，用稍微強硬一點的語氣說：

「與其考慮和我一起的未來，不如好好想想自己的人生。因為是優海的人生啊。」

然後，這次用平淡的語氣叮嚀。

「結婚是好幾年後的事情，所以就先暫緩。優海得想想，為了你自己，想做什麼工作、想過什麼生活喔。不要考慮我，嗯。」

我的話讓優海皺緊眉頭盯著我看了一會，然後緩緩開口。

「要是沒有凪沙，我的人生就不成立了，所以沒辦法考慮沒有凪沙的未來。不可能。我只能思考有凪沙的人生。」

出乎我意料之外，他用平靜而認真的表情回答，我一時語塞。

「……這樣啊。」

我努力的這樣回答。

就在我們之間流動著微妙氛圍的瞬間，剛剛和大家面對面讀優海文章的真梨看向我們。

「很棒的人生規劃呢。真的，很甜蜜唷。」

聽她帶著溫柔的笑容這麼說，我忘記表情的臉上也露出微笑。

「很棒？我很尷尬耶。」

「這樣嗎？我很羨慕就是了。可以想像你們兩人未來結為夫妻之後，也能像現在這樣感情這麼好。」

如果是以前的我，一定會說些諸如『我沒辦法想像跟優海這種樂天過頭的傢伙結為夫妻』啦、『感情一點都不好』這種難聽話，來笨拙地掩飾我的尷尬吧。但是今天，我沒辦法好好說出口。

「嗯……。」

我只能含糊的回答，用筷子戳著便當。

第五節是化學課，所以我和真梨一起往化學教室走去。優海和黑田同學走在幾公尺前的走廊上。

走到樓梯底下時，開玩笑撞到黑田同學的優海，因為力道的關係失去平衡。不巧的是，另一頭有一個女孩走了過來。

「優海，前面！危險，要撞上了！」

我不由得開口出聲，優海發揮天生的反應能力恢復平衡。

「……好險──。」

優海一下子抬起頭，慌忙對差點撞上的女孩說。

「抱歉！妳嚇到了吧？抱歉啊！有沒有受傷？」

優海合掌拚命道歉，那女孩搖頭擺手說「沒事、沒事」。

「沒有撞到，我也沒受傷喔。」

「但妳嚇到了吧？讓妳不舒服了，抱歉。」

「不會，不要在意。」

這個讓人安心而微笑的女孩，是隔壁班的女同學。個子精緻小巧，留著美麗的黑色長直髮，雪白的肌膚與粉色的唇瓣，是大家都說可愛的女孩。

和優海面對面說話的她，雪白的臉頰看起來有些紅，應該是我的錯覺吧。

「啊，對了！」

優海突然開口，從口袋裡找出一包糖果。

「當作道歉，這個送妳，不嫌棄的話請用。」

她「欸……」的露出疑惑的表情，不過仍然伸出雙手手掌，從優海手中接過糖果。

「我可以拿嗎？」

「可以可以，說起來是我的不是。真的很抱歉。再見！」

優海最後再次雙手合十，微微鞠了個躬後，開始往化學教室所在的三樓走去。那女孩把糖果捧在胸前，就這樣目送優海的背影。她的臉果然臉有點紅。

我不由得停下腳步看她，她忽然看向我，回過神來似的以手掩口。然後朝我點頭致意，啪噠啪噠地往自己的教室跑。亮麗的長髮，隨著她的舉手投足，翻飛搖曳。

「……凪沙？妳沒事吧？」

聽到旁邊傳來的聲音，我回過神來。

「抱歉，我有點恍神。」

「嗯，怎麼說……那個啊。」

儘管真梨說得隱晦，不過我還是聽懂了她的言下之意。

「算啦。優海明明是個笨蛋，但不知道為什麼很受歡迎，從小就是。」

為了表示「我不在乎，妳別在意」，我若無其事地說。

「雖然是個單細胞白痴，但給人的印象很好啊——。」

「嗯，是啊。人很開朗又很好聊。」

「算啦，就只有這個優點了。」

我知道中學的時候，優海被別人告白過好幾次。

除此之外，還從女生們那裏聽說過幾次某個女生好像喜歡優海喔的傳聞。我心中傻眼，不用一一跟我說啊。故意告訴身為女友的我有人喜歡自己男友，真是個性惡劣。

但這說不定只是嫉妒而已。優海從中學時期就毫不掩飾地公開宣稱他超級喜歡我，無論好壞，我們都很引人注意。他應該連想像都無法想像，我會因此被女孩們白眼吧。正因為優海不羨慕別人也不嫉妒別人，所以不懂這麼複雜的女人心。

算了，這也是優海的優點就是了。

「凪沙——？」

頭上突然傳來聲音，我抬頭一看，優海從上頭的樓梯往下看。

「怎麼了？」

「欸？什麼？」

「沒，回頭看妳沒有跟上來有點擔心。」

「啊……嗯。」

聽我沒辦法好好回答，優海說「發生什麼事了？沒事吧？」，從樓上下來。我一邊想著最近老被他這麼問啊，一邊用手攔住優海走上樓。

「沒事。事說，剛剛是怎麼回事？真的很危險啊，真是的！」

我用生氣的語氣說，換了個話題。優海抓抓頭說「那個啊」。

「鬧過頭連周圍狀況都看不見。小心一點好嗎？」

「好，以後會注意！」

「就是這樣！」我一邊吐槽，一邊站到挺直背脊做了敬禮動作的他身邊。一邊爬樓梯，一邊開口「是說啊」。

「你認識剛剛的女孩？」

「欸？」

「啊，不是，因為你們對話的感覺不像是第一次見面。」

「啊——那女生是韻律體操社的，社團活動的時候，偶爾會在體育館比鄰練習，所以打過幾次招呼。」

「嘿——好可愛的女生喔。」

「對啊——。」

儘管是我自己尋求認同，但優海那麼乾脆地給予肯定的話，依舊讓我心底有種討厭的感覺。

可是，在這之後他立刻用滿臉無憂無慮的笑容回我：

「不過凪沙最可愛就是了！」

「這也說得太過頭了啦……。」

我苦笑著聳聳肩。

我其實並不可愛，但優海總說我可愛啊漂亮啊的。人們常說愛情是盲目的，情人眼裡出西施。算了，真要說起來，我也覺得沒有人像優海這麼坦率又善良就是了。

真是，戀愛濾鏡好可怕。

放學後，我去圖書館還借的書。

路上經過某間教室時，聽到從裡頭傳來的說話聲。我不經意地一看，剛剛和優海差點撞到的女孩，和朋友兩個人正在面對面說話。

我不由得停下腳步，往裡面看了看。

她好像正在跟朋友商量什麼。聲音不大，所以聽不見內容，但她聽朋友說話時會不時點頭、應和。從這模樣，看起來是相當真誠的人。

我輕輕邁開腳步，離開現場。

她總是帶著微笑，身邊總有許多朋友。雖然大家都說她可愛，但她從不因此驕傲自滿，也沒聽說過有不好的傳聞。不像我彆扭又常故意和人作對，總之她應該是個坦率善良的孩子吧。

像她這樣的女孩，應該更適合開朗直爽的優海。比起和我這種人交往，找那樣的女孩當女朋友，或許能快樂且幸福得多。

我想像起他們兩人並肩的樣子。但胸口立刻痛起來，只能把腦中描繪的模樣抹去。

抱歉，優海。果然沒辦法。我想要再多一點時間。

回到家後，我匆匆收拾晚餐，早早回到自己房間。

仰躺著看向天花板的巧克力印子，腦中浮現那天優海的臉。被奶奶責罵時哭泣的臉，還有挨罵之後，握住也在哭的我手時的笑臉。

我緩緩眨眼，然後閉上眼睛，雙手摀住臉。

自我要求壓抑感情，是非常困難的。但是，我告訴自己，非得這麼做不可。

我翻過身，看見放在榻榻米上的寶箱。為了睡覺時能隨時拿得到，以前開始，鋪床時我都會把它放在枕頭附近。

我就這樣翻著身抓住箱子。拉過來打開蓋子，小時候在沙灘上撿到的貝殼碎片，彷彿悄無聲息地在裡頭。

它又薄又脆到我不敢碰，但塗了透明指甲油補強，稍微好一點。

它原本有個小洞——好像是被海星一類吃掉的痕跡——我拿金屬零件穿過，加上細細的金色鍊子，就能當成項鍊用。常戴很浪費，所以我只打算在特別的日子用就是了。

我用指尖輕輕拈起透光後泛著淡淡櫻花色的貝殼，讓光照著它。感覺自己被溫柔的光亮包圍，再次閉上眼睛。

據說能帶來幸運的櫻貝碎片。如果這個傳說是真的，那麼撿到它的他，擁有碎片的他，一定會幸福的吧？

所以，拜託了喔，我捧著小小的脆弱碎片祈禱。

「小凪、小凪。」

週六早晨。我在客廳餐桌上寫作業時，從廚房裡傳來奶奶喊我的聲音。

「怎麼了——？」

我站起來往廚房看，奶奶一邊在流理台削柴魚片一邊轉頭。

「小凪，妳現在在忙嗎？有空的話可不可以幫我一下？」

「嗯，沒問題喔。」

「謝謝呀，那，小魚乾就麻煩妳了。」

「好──。」

奶奶所指著的廚房作業台上，放著一堆小魚乾。我坐在椅子上，拿起小魚乾撕下魚頭和魚腹。這是我一直會幫著做的事，已經習慣了。

在溫柔的寧靜中，隱約聽得見遠處傳來的海浪聲與海鳥的叫聲，奶奶削柴魚片的咚咚聲音聽起來很舒服。

早上光線充足，所以不用開燈。風息從敞開的後門穿過紗門吹進微暗的廚房，非常涼爽。還聽見不知道從哪裡傳來的蟬鳴聲。

我好喜歡夏季假日的早晨。平靜、清爽、充滿光亮。

把小魚乾的魚頭和魚腹去完時，削完柴魚片的奶奶已經開始剝山菊的外皮了，所以我也跟在旁邊。

「小凪不用幫忙沒關係。」

「沒關係，我做。」

「指甲會弄髒的。」

「無所謂，無所謂。」

剝鹼性物質很多的山菊時指尖會變黑，以前我很不喜歡，不願意幫忙。不管洗多少遍指甲裡的髒汙還是洗不乾淨，所以不好意思讓朋友看見。被其他人認為因為我跟奶奶住，所以做一些過時的事，覺得很尷尬。

可現在我覺得很丟臉。覺得奶奶養育我長大很丟臉的自己才丟臉。為什麼這麼愚蠢而幼稚呢。

我用指尖捏住它，一絲一絲剝下外皮。即使昨晚就把山菊泡在水裡，外皮還是非常硬，很不好剝。但是，盡量把皮剝乾淨，確實去掉鹼性物質的話，會相當清脆可口，非常好吃。

「這個，要怎麼處理呢？」

「一半拿去煮，一半做油豆腐炒山菊吧。」

「好耶——最棒了！好期待喔——。」

奶奶做的炒山菊是真的很好吃，在這附近是出了名的。

「可以的話，也帶去給優海同學吧。」

聞言，我突然有個念頭。

「……吶，奶奶，我可以一起做嗎？」

聽我這麼說，奶奶一臉意外地看著我。

「真難得，是怎麼了？」

「沒啦，什麼事都沒有。只是突然很想做做看。」

「這樣啊。那麼，我們一起做吧。」

奶奶輕輕一笑。眼角浮現出許多溫柔的笑紋。

從她的表情，可以看出她很開心能和孫女一起做飯。與此同時，我意識到自己過去從沒有做過這件事，頓時覺得羞愧起來。

明明有很多時間和機會，即便我會幫忙備料，卻從沒想過要請奶奶教我做飯，或是代替奶奶、做飯給奶奶吃，很後悔對奶奶這麼不孝。

我收拾寫到一半的作業，和奶奶一起做午飯。

用削好的柴魚片和昆布熬湯，加入馬鈴薯和洋蔥的味噌湯。玉子燒、燉小魚乾、味噌烤鰆魚、煮蘿蔔魷魚、油豆腐炒山菊、煮山菊。

「有點做太多了啊。」

看著廚房作業台上排排放的菜餚，奶奶覺得有趣的笑了。

「不小心太有幹勁了。」

我也一邊笑著，一邊一盤盤看過去。

回過神來，從開始做菜到現在已經過了三個小時了。儘管是因一邊教我一邊煮才花了那麼多的時間，可做飯終歸是一件很辛苦的事。我時至今日才注意到這個理所當然的事實，內心不自覺地湧起對奶奶的感謝之意。

「奶奶，謝謝妳一直做飯給我吃。早餐、晚餐，還有學校的便當。」

奶奶又睜大眼睛看著我。

「怎麼啦，突然這麼說。總覺得今天的小凪和平常不太一樣。」

我不知道該怎麼回答，最後開玩笑的說「表示我長大啦」。

「那我把要給優海的那份放保鮮盒喔。」

我從櫃子裡拿出五、六個小保鮮盒，一一裝滿菜餚，然後舀兩、三碗味噌湯到小鍋裡。蓋上蓋子後，奶奶用包袱巾把食物整整齊齊地打包好。

「那，我出門嘍——。」

平常去優海住的地方會騎自行車，但因為不想讓餐點在抵達的時候散得亂七八糟，所以打算走路過去。

我提著包袱巾包成的包裹悠閒地走著，輕柔的海風吹拂，感覺很舒服。拍打海岸的波浪聲音，以及每家庭院樹木上唧唧作響的蟬鳴聲。

沒有先聯絡，優海看見突然來訪的我一定滿臉驚訝，然後會開心地笑起來吧。想像著他的笑臉，我的腳步自然而然輕盈起來。

看見優海的家了。是間屋齡超過四十年的日本老房。儘管老舊，建築物卻很大，庭院也十分寬廣，是這一帶最氣派的房子。

「喂——優海——我帶吃的來嘍——。」

我一如往常穿過玄關大門直接走進庭院，在門廊下朝裡喊。在綠樹成蔭的庭院裡，蟬鳴聲格外響亮。

只有優海一個人修剪不及，所以給人雜草叢生的陰暗印象。我一邊想著得趕快除草啊，一邊再次喊「優海」。而後傳來啪噠啪噠的慌張腳步聲。

「欸——什麼什麼，凪沙？嚇我一跳。」

聲音響起的同時，優海從裡頭出來，帶著滿臉笑容。

「抱歉，突然過來。想說得在優海去社團活動前拿給你。」

我把包裹遞出去，優海看見內容物後「哇啊」的喊出聲。

「多惠奶奶做的飯——太棒啦！」

「分量稍微比平常多了點就是了。」

「完全可以，我超開心的！這樣我可以吃到明天，沒問題。」

「要好好放到冰箱裡喔，不然會壞。」

「嗯。我正好想吃午餐，趕快來吃。啊，凪沙上來吧，雖然我只有麥茶就是了。」

「那，我就不客氣了。」

一邊說打擾了，一邊從庭院走到門廊上，進入客廳。

和房子一樣有年紀了的餐桌。榻榻米上隨意放著一個座墊。單調的走廊，以及前方微暗的房間。

優海的家相當安靜。只有他一個人住，所以也是理所當然的，但扣除這點，還是感受到無比的安靜與孤寂。我有空就會來玩，想稍微抹去一些寂寥，可已根深蒂固的幽暗與沉默，不是這麼容易能擺脫的。

我聽見優海在廚房往玻璃杯子倒冰塊的聲音，喊了聲「我去裡面喔」便走到走廊上，進入佛堂。

黑色與金色的豪華佛壇。供奉著鮮花和食物。還有，放在相框裡的三張照片。

——優海的家人。

開朗笑著的優海爸爸，溫柔微笑的優海媽媽，還有帶著友善笑容的優海弟弟，廣海。他們和優海都長得很像。雖然，已經不在這個世界上了。

沒有雙親和孩子組成所謂「普通家庭」的我，想尋求家的溫暖來訪時，他們總以溫暖的笑容迎接我。我好喜歡他們。

點燃蠟燭，在線香前端點上火，插進香爐裡。拿起小木棒敲響鈴，雙手合十，閉上眼睛。

請安息。請保佑優海。

我比過去更加認真的祈禱。

這個家裡，有優海一個人忙不過來沒打掃的地方，有積滿灰塵的地方，但只有這個佛堂與佛壇總是非常乾淨整潔。我認為這表示優海對家人的思念，總覺得心酸。

在家人們都過世後，優海還是一如既往帶著燦爛的笑容，但一定很寂寞。所以我和奶奶、附近鄰居們總是關心著優海，有機會就會送東西過去、問問他的狀況。

即使如此，我們還是不及他真正的家人就是了。

「喂——凪沙？妳沒事吧——？」

這聲音讓我一下子回過神來。大概是我回去得比平常晚，所以他擔心了。

「嗯——沒事！我馬上過去——。」

我滅了燭火站起來，朝客廳走去。餐桌上擺了小山般的飯和菜餚，還有兩杯麥茶。

「謝謝你的茶。」

「嗯——。」

看著一一擺放的菜餚，我好奇的歪歪頭。

「啊咧，味噌湯呢？」

「我肚子餓了，現在開始熱湯我等不及……晚上再喝。」

「真拿你沒辦法啊，那我去熱吧。優海你吃。」

「欸，謝謝——！」

我一邊走進廚房，幫裝味噌湯的小鍋點上火，一邊回頭往客廳瞟了一眼。看見優海有禮地雙手合十低下頭說「我開動了」之後，一個人在寬廣的房間正中央用餐的背影，儘管是熟悉的景象，還是覺得非常寂寞。

「……吶，優海。」

「嗯？」

「我也可以一起吃嗎？」

「欸？妳要陪我一起吃嗎？」

優海嚇一跳似的轉過頭。

「奶奶說今天跟朋友見面會去吃飯，所以我預計也是一個人在家用餐。」

「真的嗎!?好高興好高興，吃飯吧！」

看見明顯開心的優海，我也微笑起來。

我把味噌湯裝在湯碗裡拿到客廳時，優海已經幫我準備好了筷子和分裝盤。

「謝謝。那麼，我開動了。」

「我開動了——！」

優海啪一聲合掌說。

我吐槽他「你已經開始吃了吧」，優海笑著回我「我是對裝味噌湯給我的妳說的！」。

優海一邊反覆說好好吃好好吃，一邊大口吃飯。氣勢洶洶。

小時候優海吃飯的分量明明跟我差不多，但中學時期過半開始優海開始吃得很多。小山般的飯吃兩碗，有時社團活動結束後會吃三碗，兩人份的菜餚也能輕鬆掃光。明明身材瘦削，身高也不算高，飯菜到底跑到這副身體的哪裡去了啊，真的相當不可思議。

明明從小就在一起，不管去哪裡、做什麼都是一起，就像是自己的分身一樣，但我深切感受到我們果然還是不同的生物。

「多惠奶奶的燉煮料理果然好吃，最棒了！味噌湯也好喝，有種熟悉的味道。」

「嗯，我也超級喜歡奶奶做的飯。」

「對啊——凪沙有多惠奶奶真幸福。」

我微笑附和，目光自然地往玉子燒看去。

還沒吃到這一道。優海很喜歡雞蛋，而且是會把喜歡的東西留到最後吃的個性，所以大概是打算晚一點再動筷吧？

即使如此，我內心依舊七上八下。儘管有奶奶教，但今天的玉子燒是我一個人獨力完成的。

「……吶，優海。」

「嗯？」

「玉子燒也好吃嗎？」

我本來擔心突然這麼說可能會聽起來不自然，但優海沒注意，簡單用筷子夾了一塊，大口送進嘴裡。

「嗯嗯，好吃！雖然味道和平常有點不一樣，但又甜又好吃！」

聽到這句話的瞬間，我心跳如擂鼓，自己都嚇到。

好開心。自己做的菜得到好吃的評價居然會這麼開心。我以前都不知道。

優海瞇起眼睛，一臉美味的樣子，再塞了一塊玉子燒。看他這個模樣，我忍不住露出微笑。

不過，我沒有特意說這是我煮的。他不知道他第一次吃了我親手做的料理也無妨。不知道比較好。因為，他要是知道我為了他下廚，做了平常不做的事，一定會非常開心。

所以只有我知道，聽到他說好吃、暗自開心就好。

「太好了。」

什麼都不能說，取而代之，我就嘟噥了一句話。什麼都不知道的優海露出無憂無慮的笑容說「嗯」。

之後我們暫時都沒說話，只有默默地動口動手。

被夏天正午的陽光包圍的客廳，在陽光下格外明顯的榻榻米紋路，一邊送出微風一邊緩緩左右轉動的電風扇，隱約傳來的海浪聲音，隔著餐桌面對面的兩個人。

專心吃飯的優海，忽然想到什麼似的抬起頭。

「那個啊，凪沙。」

「嗯？」

「我想，要是我們將來結婚，應該就是這個樣子吧——。」

他這麼說，嘿嘿一笑。看見他這個表情，我不知道應該怎麼回應，就彆扭的回答：

「……還不知道會不會跟我結婚不是嗎。」

這瞬間，優海的表情變得絕望。

「欸、欸、欸，為什麼!?凪沙，妳不願意跟我結婚嗎!?」

這彷彿在臉上寫了框噹音效的慌張模樣，讓我噗哧一笑。

「啊，是那個吧！妳之前說過的，不好好工作的話就沒辦法考慮將來的事!?我會努力的，不要拋棄我——。」

優海一臉馬上要哭出來的表情說，所以我苦笑著說「笨蛋——」。

「我又沒說不結婚。只是說還不知道而已吧。」

「啊，是這個意思嗎？那麼，妳打算嫁給我吧!?」

「暫時啦，嗯。」

「啊——太好啦——!!」

優海呼的鬆了口氣，笑意重新回到他的臉上。我也笑了。

但是，雖然臉上掛著笑容，但自己說的『暫時』這句，在我心中瘋狂迴旋。

吶，吞回心裡湧起的感情，我喊了優海一聲。他抬起眼說嗯。

「我們拍張照吧，當作紀念。」

「紀念？」

「對啊，像夫妻一樣吃飯的紀念，是像啊。」

雖然自己開口說很不好意思，但優海笑著點頭說「這個好欸」。

為了拍到餐桌和我們自己而調整位置，用手機前置鏡頭拍了照。我立刻打開手機相簿查看照片。

「嗯。拍得不錯。」

「這樣啊，太好了。」

「謝啦。來，吃飯吧。」

「好！」

優海繼續吃飯。他狂吃白飯放下飯碗時，我發現到他嘴唇旁邊有飯粒。

「啊，優海，沾到飯粒了。」

「嗯？」，優海抬起頭。

「真的像個孩子。」

我傻眼地說，優海一臉可憐兮兮。

「我已經是高中生了啦——。」

「是是。趕快拿掉吧。」

「嗯。在哪？」

「這裡」，我指著自己的臉頰告訴他，但歪頭疑惑說「哪裡？」的優海，手指沒辦法準確找到那個位置。說著真是沒辦法啊，我站了起來，傾身幫他拿掉飯粒。

「謝謝凪沙！嘿嘿，總覺得現在也好像夫妻喔——。」

「比起夫妻，更像媽媽和幼兒園小朋友喔。」

「欸欸——。」

「啊哈哈。」

我們一邊相視而笑，一邊用餐。明亮的房間，輕撫臉頰的微風。舒適又有點心酸的感覺，讓我瞇起眼睛。

送優海出門去參加下午的社團練習後，我一個人留在他家開始收拾午餐。優海覺得不好意思，說放著沒關係，但做這點事沒什麼關係，反而是我想幫他做。

我把餐具疊好走進廚房，發現垃圾桶中滿是超商便當的空盒。

從這裡騎車大約十分鐘的便利商店，是這附近唯一營業到半夜的店，所以要說是優海飲食生活的支柱也不為過。社團練習結束後的深夜還能買到吃的，也就只有這裡了。

附近鄰居們也擔心優海，會送飯菜給他，但也沒辦法每天送，送的太多優海也會客氣。

即使如此，總是吃超商便當又膩，營養也不均衡吧。因為優海都是買他喜歡的炸雞和漢堡便當。

要是我早點注意到就好了，做飯給他吃的話，他既會高興，也不用擔心他的身體。比如說，如果我在中學時代就學會做菜，應該現在就能做很多給他吃了。

我站在水槽前準備洗碗時，發現裡頭堆著杯盤一類待洗的物品。他提過這幾天社團活動的個人練習會練到很晚，所以應該回到家立刻就睡了吧。看了浴室，待洗的衣服也快從洗衣籃裡溢出來。我開了洗衣機，然後回到廚房把所有餐具都洗了。

我一邊默默動著手，一邊怨恨過去的自己。明明有很多能為優海做的事，我卻什麼都沒有注意到，什麼都沒為他做。

洗完衣服的時候，我想借個廁所，因此走到了走廊上。一看，邊緣積滿了灰塵。不知道多久沒有清理了。

我一邊用吸塵器打掃，一邊煩惱著是不是告訴優海比較好。既然決定訓練他，不僅是學業，也希望他在生活方面也好好做，所以告訴他好好洗碗、洗衣服、打掃比較好。

可是，我最清楚即使不說，優海也很努力。儘管有一點散漫的地方，但他現在忙著學校和社團活動，沒有時間顧及家裡。即使如此，我擔心他在這樣破舊的房子裡，持續飲食不均衡。不過，這麼嘮叨他也太可憐了……我思來想去。

一個高中男生獨自完成所有的家事是不可能的。我在家裡也就做做打掃工作，剩下的都依靠奶奶，所以說不了什麼冠冕堂皇的話。不過，優海之後必須一個人生活下去，只能這麼做了。

總之，就說至少要注意基本的飲食營養吧。雖然打算送奶奶做的飯菜來，我也學著做飯給他，盡力做一些力所能及的事，可之後必須靠他的自覺來注意這些生活大小事才行。是自己的身體，所以必須自己管理健康。

接下來我也會暫時協助打掃、洗衣，說『為了將來，一起練習做家事』，一邊兩個人做家事一邊養成他的習慣。優海應該會立刻接受我的提議。就這樣先將就著也沒關係，讓他一點一滴的學會做家事。

我把吸塵器放到儲藏室，把洗好的衣服晒起來後回到客廳。一邊用包袱巾打包從家裡帶來的保鮮盒，一面心不在焉的看著旁邊的展示櫃。那裡擺著很多相框。

幼兒園的成果發表會、小學二年級時的運動會、溫泉旅行、遊樂園、水族館……各種場景的各種照片。

其中最大張、擺在最明顯位置的，是在三島家前面拍的全家福照片。

還是小學生時候的優海，以及他的雙親與廣海，還有理所當然般混在其中的我。優海滿臉笑容比出V字手勢，另外一隻手緊緊的牽著我的手。我表情有點害羞，微微歪著頭。

還什麼都不知道的我。完全沒有想過幾年後優海會失去家人、那麼溫暖的伯父伯母會離開人世的我。

我拿起相框，抱在胸前。

優海重視的家人已然不在人世，他必須一個人活下去。

我抬起眼，看到一個神龕。供著煮熟的白飯。看來優海至今還是每天都好好供奉著。

神為什麼要奪走優海的家人呢？

我想起中學時和優海的對話。

我對著他在龍神大人之石前合掌的背影，說『這世上沒有神』。

『這世上沒有什麼神明。稍微想想就知道了吧』。

想想發生在優海身上的事，思考他所處的境遇，就會明白神明什麼的只是謊話。

但是，優海若無其事地笑著回答。

『沒這種事啦。神明是存在的喔』。

我聳聳肩說，不可能吧。

『或者說，如果真的有神，也是個性格惡劣的傢伙啊。一定是個以折磨人類為樂的糟糕傢伙。是不值得信奉的傢伙。』

我如此斷言，優海對我說『凪沙真是毒舌啊』，笑了出來。

這輕描淡寫的說法讓我不耐，我開口追問。

『吶，為什麼優海能相信有神明呢？』

優海睜大眼睛後，理所當然般回答。

『我爸說信者得救。雖然人生會出現不好的事，但相信的話，總有一天會有好事發生，不可以懈怠墮落。所以，我相信有神。』

明確的回答。我至今仍然忘不了他那時真誠的笑容。

吶，神啊，我對著神壇在心中低語。

雖然我不認為世上有神明，但現在，我可以相信。

所以，請祢證明。神明能使人幸福。相信神明的人能夠得救。

優海一直一直相信祢啊。不管遇到了多糟糕的事，都相信祢啊。所以，請不要對優海做更殘忍的事了。奪走優海珍視的東西，就到此為止。

拜託祢，請給優海幸福……。

我流著淚，生平第一次這麼認真的祈求神明。

從優海家離開，沿著海邊道路走回家途中，我莫名不想直接回家，便朝港口走去。

走在堤防上，有幾個人在釣魚。

我對釣魚沒興趣，所以不是很了解，但這附近好像經常能釣到魚，平時晚上或假日時，陸陸續續有帶著魚竿的人從其他地方來到這裡。網路上好像也介紹這裡是非常有名的釣魚點，有很多人特意遠道而來。

堤防筆直朝大海方向延伸，我坐在堤防中央看海，波濤洶湧的心慢慢平靜下來。

今天的海很平靜。倒映著天空的深邃群青藍色海水緩緩搖蕩，一邊發出聲音，一邊不間斷地拍打過來，濺起水花。海風輕撫全身。

幾艘小漁船激起浪花，朝近海駛去。海鳥宛如切斷空中般飛過，有時衝進海面，嘴裡叼著魚飛出來。

遠處地平線附近浮著一艘大型油輪。看起來像靜止不動，但若近看會發現它其實在飛快地移動。和我們的時間一樣。

我抬起頭，怔怔望著布滿積雨雲的天空時，聽見身後傳來啪搭啪搭的腳步聲。還有嘎啊嘎啊的開心笑聲。

我轉頭一看，兩個上幼兒園年紀的男孩，一邊互相追逐，一邊朝我這邊跑來。大概是兄弟吧。年齡差距大概和優海、廣海差不多。

兩個人沿著堤防邊緣奔跑，也沒看腳下。那危險的樣子讓我背脊發涼。

我轉來轉去，看家長到底在哪裡，結果有個似乎是孩子爸爸的人，正在一段距離外的地方掛釣魚線，完全沒注意這邊。看他那副渾然不知讓孩子隨便在海邊玩有多危險的模樣，我的身體一下子便熱了起來。

之前看過幾次來釣魚的人，放自家小孩在海邊隨便嬉戲。儘管每次都覺得很危險，可畢竟素昧平生，因此我也很難開口去告誡那些孩子，或去提醒家長要小心。

不過，要是「之前」看到他們跑來跑去的時候，能鼓起勇氣開口的話就好了。這麼一來，就不會發生那件事了吧……？

想到我無能為力的事情，心情一下子低落起來。一度閉上眼睛，然後緩緩張開。

好廣闊、好廣闊的大海。好高、好高的天空。好美的景色。

我呼地吐出一大口氣，用力拍拍雙頰，讓自己打起精神。

在這種地方發呆，什麼都不會開始。即便有許多無能為力的事，但還是有一些只要想想辦法，就能做到的事。

那，走吧，我鼓勵自己，站了起來。

第四章　瞳之中

「好，那麼，來發考試範圍嘍——！」

在早晨的班會課上，發下了下週開始的第一學期期末考範圍表。大家一起看著手上的紙張，開始紛紛討論「英文文法範圍也太廣！」「日本史有夠硬——」這類話。

「唉～～最後還是要考試啊。」

班會結束後，優海趴在桌上低下頭。

「社團活動從明天開始休息，還得念書，最慘了～～。」

我咚一下敲在他的頭上，大聲說「不要撒嬌！」。

「為了在暑假期間好好享受最喜歡的社團活動，必須要好好用功才行。」

優海說「也是」，抬起頭。

「要是不及格就得上補救教學，不能參加社團活動，夏季的大賽也沒辦法上場，這才是地獄——。」

「是的是的。為了不落入地獄，要拚盡全力加油喔。」

嘿——雖然優海回應我，但這沒幹勁的樣子讓人不安。

「……吶，優海。今天有數Ⅱ的預習作業吧？讓我看一下。」

「欸，為什麼？」

「確認你懂多少。」

數Ⅱ比其他科目進度快，已經教完考試範圍了，因此正以考試為目標開始複習。今天是第一次，所以一一列舉，網羅了整個考試範圍的問題，印成作業。

我想，要能看看這份作業的結果，就能知道優海對考試範圍懂多少就是了。

「欸……。」

看見他明顯不情願的表情，我突然意會到了什麼。

「……你又——忘記寫作業了？」

明明從買了手帳後，他一直把它放在褲子口袋裡帶著到處跑，有事立刻記下來，所以已經沒再忘東忘西的了。我皺著眉瞪著他，優海搖頭說「不是不是」。

「我不是忘記……。」

他用可憐兮兮的表情把作業遞給我。看見作業的瞬間，我懂他猶豫的原因了。

「……你根本都沒寫！」

紙上並列著幾乎是白紙一張的答案欄。即便偶爾有題目寫了兩行算式，不過卻連一題都沒有做到解出答案。這很嚴重。

「這怎麼回事？還有一週卻是這種狀況，真的會不及格喔！昨天英語的測驗考試也才拿三十分對吧？這怎麼回事!?」

我一口氣滔滔不絕地說完，優海肩膀垮了下來。

「對……很危險，我有這個自覺。」

「有自覺但沒有實行對策就毫無意義啊。」

「嗯……。」

我知道他成績不好，可沒想到是這個狀況。明明優海總會好好去做我交代的事情，所以我一直都以為他會努力準備考試。我嘆了口氣，他到中學為止都靠臨時抱佛腳、臨考前追上進度才過的，高中的課程內容果然難，沒辦法，沒辦法這麼做。

「沒辦法了。明天開始每天開讀書會唷！」

我這麼說的瞬間，優海的表情一下子亮了起來。

「欸，凪沙要教我嗎？」

「不然呢？這次就破例教你吧。」

不是我自誇，我的成績很好。中學時常名列全年級前十名，前一次的期中考也考了全學年第七。算了，反正只有一科。

當然，並不是我特別聰明，而是我是回家社又沒有什麼興趣，只有念書這個優點，就決定至少在這方面好好努力。

因此，有很多朋友拜託我教他們讀書，我盡可能接受，但盡量不教優海。

他和其他朋友不同，我跟優海是青梅竹馬，住得又近，而且正在交往，無論如何都會黏在一起。所以我覺得要是我去教他的話，他就會依賴我，不自己好好讀書。

但是，只有這次破例。我不想再見到他因為不及格而無法參加比賽，懊悔哭泣的樣子，我打算奉陪到底。

「太好啦——凪沙要教我！謝謝凪沙老師！這麼一來一定會所有科目都及格的！」

我傻眼地回應一邊做出勝利姿勢一邊大叫的優海。

「我哪有這麼厲害……。」

「不，如果凪沙教我，我會幹勁百倍，所以成績必定會進步啊！」

又光明正大地說這種話了，真是個讓人尷尬的傢伙。

雖然我是這麼想的，但如果是想跟我上同一所高中，全心全力卯起來讀，偏差值拉高百分之三十的優海，說不定能輕鬆達成。

優海討厭讀書所以成績不好，可他不笨，也非常誠實，只要靜下心好好讀書的話，一定會慢慢吸收學會的。

「那就從明天開始要認真努力喔！」

「我了解了凪沙老師！好耶，來讀吧——！」

我苦笑看著一邊舉臂一邊大喊的他，聽見真梨喊我。

「吶吶，凪沙，我也想請妳教我一點功課。我化學有不懂的地方。」

「嗯，可以呀。那麼，今天放學後可以嗎？」

「嗯，我們社團今天開始放考試假。請多指教——。」

我點頭說「ＯＫ」後，真梨笑著說「謝謝」。

放學後，我們依約留在教室裡讀書。

「好，開始吧。」

「嗯，請多指教，凪沙老師！」

「不要連真梨都喊我老師……。」

「啊哈哈。」

我一邊故意冷眼看著覺得好玩笑出來的真梨，一邊決定先從課本的基礎問題開始解題，以便掌握整體狀況。

「考試範圍到哪？」

被真梨一問，我靠著腦中的記憶回答。

「到第三十二頁。」

「哇啊，凪沙記得嗎？不愧是凪沙——。」

「不，只是碰巧啦。畢竟範圍真的很大。」

「真的，好辛苦喔——。」

我們暫時各自寫題目時，幾乎沒動筆的真梨，砰一下趴在桌子上。

「啊——果然不會啊化學……一堆看不懂的問題。要是不及格怎麼辦？」

真梨緊皺眉頭一臉為難。對擅長文科的她而言，化學就彷彿是個鬼門關。

「但是真梨，妳的數學並沒有這麼差對吧？也就是說可以計算，所以只要掌握訣竅就能改善。」

「是這樣嗎？」

「是的是的。計算化學式的基本概念是……。」

在我開始說明時，走廊上傳來腳步聲，化學老師拿著紙本資料走了進來。

「抱歉打擾你們念書了，我進來一下。」

是發生什麼事了呢，我看著老師，看到老師把資料貼在公布欄上。

「哎呀——對你們不太好意思，但有個班進度落後，所以考試範圍稍微少了一點。」

「啊，這樣啊。」

「明天見，課堂上我也會告訴大家的。」

真梨一邊開心的笑，一邊小聲跟我說「太好啦，範圍變小了」，站了起來。

「我們現在正好在讀化學，凪沙在教我。」

「這樣啊，真是剛好。」

老師嗯嗯地點頭後走出教室。真梨走到黑板旁邊，看著貼出來的資料。

「到第幾頁啊？……嗯，啊咧？」

我看到歪頭疑惑的真梨，心重重跳了一下。她睜大眼睛轉過頭來對我說。

「吶，凪沙。新的考試範圍是到三十二頁喔。」

「欸……？」

我慌忙看了一下今天早上發下的範圍表。上面的確清楚寫著【到化學課本第三十四頁】。

但是，我剛剛告訴真梨「到三十二頁」，回答的是和更新後相同的頁數。

糟了，我在心中嘖了一聲，然後笑著看向真梨。

「抱歉——好像是我記錯了，這邊寫三十四頁。」

「啊，這樣啊，不過太好了。是說，範圍縮小真是太好啦——。」

真梨好像絲毫沒有起疑，我鬆了口氣，「嗯，真的」的點頭回應。

而後在心裡嘆了口氣，好危險啊。就算是這種小細節，也不能鬆懈。我拍拍雙頰，告訴自己打起精神來啊，真梨笑著說「很有幹勁呢凪沙」。

讀書會結束後，我們隨意聊天，結果意外聊得很晚。和真梨告別後，我想著難得這個時間，乾脆和優海一起回家吧，便朝體育館走去。

我走在連接本館與體育館的走廊上，聽見在體育館地板上奔跑的球鞋摩擦聲音，以及球彈跳的聲音。是籃球的聲音吧，我想。

小學時代經常去接練習完的優海。那時候他專心打少棒，走近球場就會聽見棒球少年們的吶喊聲、球棒擊球的聲音、手套接住球的聲音。

優海因為家裡的事情不得不放棄棒球，但我覺得直到現在，他都還是喜歡棒球的。他常看電視上的棒球轉播、進了高中也常去球場笑著看黑田同學他們棒球社的練習。似乎還去比賽現場幫忙加油過。

儘管優海放棄了曾經喜歡的棒球，不過他依舊熱愛新開始的籃球，打從心底開心享受、努力練習，我覺得很了不起。

他開始打籃球的時候，我曾經問過他一次。

「真的要放棄棒球了嗎？要改打籃球？」

聞言，優海笑著回答。

「我當然很喜歡打棒球，但籃球是籃球，非常有趣喔。和棒球不一樣，要一直奔跑，分數迅速增加，像坐雲霄飛車一樣。而且，投籃進球的開心感覺真的很棒！」

我絲毫感覺不到他的陰暗、悲傷，他承受了所有的一切，努力向前進，被他的堅強所感動的我，突然覺得擅自被悲傷、憤怒等負面情緒左右的自己真的很傻，因此決定效仿優海，去看看新的世界。

意志堅定、易怒、不原諒別人、立刻就落入負面情緒海洋的我，至今為止被他的開朗和大度拯救過多少次了呢？

非社員有點難主動踏進體育館，所以我從敞開的出入口鐵門往裡看。

今天其他社團都已經開始放考試假了，只剩男、女籃球隊。現在女籃成員在休息中，所以男籃成員占了整個場地。

我往球場裡看的瞬間，就發現了優海的身影。他如魚得水般表情鮮活，整個人到處蹦蹦跳跳的。看起來現在正在進行五對五的比賽。

我們學校的籃球社人數沒有這麼多，所以三年級學生在春季大賽退社後，優海雖是一年級學生，但也能進入正式球員名單中。儘管中學二年級才開始打球，可同屬籃球社的林同學說，他打得相當不錯。

這麼說起來，他中學的時候也很快就進入了正式球員名單。大家都說他運動神經本來就好，又有活力能帶動氣氛。

「抄到了，走走走！」

「抄得好！」

「回防——！」

「跑跑跑，太慢了！」

「傳球傳球傳球！」

一邊大喊一邊揮汗奔跑的籃球社員，每個都活力滿滿。我宛如老太太般看著滿場跑的他們，內心感嘆著「真是有活力啊」、「這麼熱的天氣好拚啊」。

「優海！」

和聲音同時，學長把球傳給優海。優海「好！」的回答後，一邊朝籃網方向全力奔跑一邊舉起雙手。但是一個高壯的學長擋住他的去路，伸手準備抄球。

可在這個瞬間，優海用全身的肌肉彈力高高跳起，跳得比學長還要高出一個頭。

優海比學長更早占得先機，迅速把還在高處的球抓進手裡。

「抓得好！」

所有隊友一起拍手歡呼。

我覺得他平常雖然常忘東忘西，但只有運動的時候還滿帥的。與此同時，我理解優海莫名受歡迎的原因了。沒看到他笨拙的一面，只看見他運動時活躍的樣子的話，應該會覺得他很迷人。

「優海，就這樣往前衝！」

學長對立刻運球往前衝的優海下了指示。

以迅雷不及掩耳的速度穿過一個又一個逼近的防守球員的他，持球的右手直直朝籃框一伸，漂亮的投進一個帶球上籃。

「好球——！」

同隊夥伴們跑到優海身邊，抱著他的肩、亂揉亂摸他的頭。優海被這麼多人喜歡，我暗暗鬆了口氣。

球賽結束後，我移動到他們看不見的地方偷偷觀察。訓練沒多久便結束，解散的打招呼聲音響徹體育館。

為了喊優海約他一起回家，我探出身。

但是，看見他一解散他就開始拿球練投籃的樣子，我停下了動作。

「優海，你今天也要自主訓練完再回家嗎？」

一邊擦汗一邊往更衣室走的林同學開口喊他，優海轉頭說「嗯！」。

「今天罰球沒進，所以我想練習到能連續進二十球啊——。」

「哇——好努力喔。不要太勉強喔。走啦。」

「嗯，辛苦了！」

「喔——先走啦——！」

社員們全部離開後，優海一個人在空蕩蕩的體育館裡繼續練習。投籃、跑著去拿球，立刻回來投下一球。

看見他雙手持球，直視籃框的側臉，我說不出「回家吧」這樣的話。要是他知道我在等他，優海一定會中途停止練習。所以，我決定今天還是一個人回去。

我有一點依依不捨地看著他的背影，拿出手機。為了不讓快門發出聲音，我用手掌握住喇叭部分，拍下他認真的背影。

我轉過身，不發出腳步聲的離開體育館。走往停車場的期間，還聽得見撞擊和投籃的聲音。

加油啊，我在心裡替優海打氣。

為了你一定能參加夏天大賽，我會全力協助你的學業，所以你就全心練球吧。為了在正式比賽上用盡全力，為了不留下遺憾。

我一邊想著優海專心追著球閃閃發亮的背影，一邊祈禱似的說。

「凪──沙。」

第二天的午休期間。

我吃完便當，一邊撐著臉呆呆看著外面，一邊等待去教職員辦公室去交作業的真梨回來，這時候頭上落下聲音。

我鬆開手抬起頭，是滿臉笑意的優海。

「怎麼了？優海。」

咚一聲放在桌上的是巧克力糖，而且是三盒。

「……這什麼？」

「禮物！那個，妳教我功課，這是回禮。」

優海一臉滿足的笑著說。

「謝、謝謝。」

我道謝後，他把糖果遞給我說「來，吃吧」。

「啊……。」

其實，大概是我昨天想了很多事情的緣故，所以我從晚上開始就一直沒有胃口，吃不下任何東西。所以，不管優海給我多少巧克力，我應該都吃不進去。

「現在不要。」

聽我這麼回答，優海一臉震驚。

「欸，為什麼？」

「那個——因為我肚子不餓。」

我隨便想了個藉口搪塞過去。晚餐、早餐都沒怎麼吃，我對擔心我的奶奶說謊，說自己肚子有點痛，但沒辦法跟優海這麼說。因為他一定會大驚小怪的要拉我去保健室或叫救護車。

「我等下再吃。謝謝，我會珍惜的。」

我說完後要把糖果放進書包裡的時候，優海一口氣把臉湊了過來。

「……好奇怪。」

「欸？」

「好奇怪！」

優海的眼睛裡，倒映出我疑惑的臉。

「因為這個，是凪沙最愛的糖果不是嗎？平常妳明明會說甜食是另外一個胃，立刻吃掉的，太奇怪了。」

他清楚直白地說，我不知該怎麼回答。

糟了，是個缺乏說服力的理由嗎？我的確非常喜歡巧克力，不管吃得多飽，如果是巧克力的話，幾塊都吃得下去。

優海看著我的表情非常認真。覺得會被吸進他的眼眸深處，我移開目光。

「……不是啦，其實是我在想是不是該減減肥。」

「蛤？」

我立刻隨便找了一個理由說，優海這次睜大了眼睛，身體大幅後仰。

「什麼——!?凪沙在減肥!?妳明明從來沒說過啊!!」

優海非常非常驚訝，我後悔自己過去怠於提昇女性魅力與價值，懶散悠閒度日。

「……吵死了啦。我還是會在意身材的呀。你看，馬上就要放暑假了，這是泳裝的季節不是嗎，我今年想瘦一點。」

「欸——!?」

優海反覆說著好奇怪好奇怪。真的，只有這種時候無謂的敏銳。

「泳裝……妳以前不還是照穿！」

我們住在海邊，所以當然常穿著泳裝去游泳。但是，鳥浦沒有人擠人的海水浴場，總是只有我和優海兩個人游泳。所以，不需要擔心我穿著鬆垮泳裝的樣子被看見。年輕女孩應該要稍微注意一下的，我更加後悔不已。

懷疑了好半晌的優海，忽然像意識到什麼似地抬起頭。

「不會吧……我想應該不會。」

「欸，什……什麼啦。」

「妳不會告訴我，妳喜歡上其他男生了吧!?」

這個歪到不能再歪的答案，讓我傻眼到說不出話來。

「你在說什麼啊……笨蛋。」

「因為，不管怎麼想，都不知道妳突然說要減肥的原因啊！我最喜歡現在的凪沙，不知道妳為什麼必須要減肥！」

「啊——吵死了吵死了。」

「妳到底要為了誰減肥啦凪沙——！」

我拍拍真的快哭出來的優海腦袋。

「吵死了！減肥不是為了誰，是為了我自己！不是為了受歡迎也不是為了男生啦！」

我再次說出腦子裡隨便想到的話，旁邊不知道什麼時候開始聽我們說話的女孩子們拍起手來。

「凪沙好帥——名言！」

「對啊——減肥是為了自己。」

「我也要加油——。」

沒想到會得到尊敬的眼光，我的心情有點微妙，突然垂下肩膀的優海說「抱歉」跟我道歉。

「是啊，不能認定是為了別的男生吶。抱歉。」

優海總是意識到是自己的錯之後立刻道歉。我是個彆扭鬼，面對這種天真坦率，連我也會老實地回應。

「我才要道歉，明明是你特意給我的東西。」

「不，這無所謂。不用強迫自己吃。啊，如果妳在減肥，不要帶糖果給妳比較好吧。我換別的喔。」

「不。可以、可以！我要、給我、請給我！」

「欸——不要勉強啊。」

「沒關係，我不減肥了！」

我一邊腦袋搖得像波浪鼓一邊抱著糖果，優海瞇起眼睛笑著說「什麼啦」。

看見這個笑容，我有一種光啪地一下照在我身上的感覺，突然覺得餓起來。我從昨天晚上開始就幾乎沒吃，所以胃裡應該空空如也。

「還是現在來吃。優海也一起吃吧。」

聽了我的話，優海露出溫柔的笑容。

「喔，一起吃吧！」

我們隔著桌子面對面而坐，一邊閒聊一邊吃巧克力時，優海說「就快到了啊」。

「嗯？期末考？」

「不是啦——是暑假！」

「喔——是那個呀。」

「是啊——不要講考試啦——難得的甜點都變難吃了。」

苦著一張臉的優海嘟起嘴，把巧克力糖果塞進嘴裡。

「不是，暑假之前的期末考比較重要吧？特別是對優海而言。」

「是沒錯啦！但是暑假欸！很興奮欸！」

「是是。」

「高中生的暑假喔！要好好享受這種樂趣才行——。」

「是啊，能開心享受就太好了。」

雖然我笑著回答，但刺在胸口的荊棘卻抽痛著，宣告它的存在。就像在告訴我不要忘了唷，不要忘了唷，我拚命地不要讓自己的臉色變得僵硬。

「開始放暑假之後啊，社團活動也會比平常早結束，週日也會休息，就能常跟凪沙出門玩了。」

「對啊。」

「要去哪，要去哪？不能錯過海水浴場和烤肉吧？也想久違的去看場電影。還有露營——上街約會——得去唱歌才行——煙火大會——還有……。」

我對一邊折手指數數一邊列舉的優海笑著說「啊哈哈，好多唷——」。

「然後，不管怎麼說，要去夏日祭典！」

砰咚，我的心臟冒出討厭的聲音。

優海所說的「夏日祭典」，是鳥浦町傳統的祭典「龍神祭」。是每年八月盂蘭盆節休假前舉行的祭典。已是鳥浦町的夏日風景。

這是將這一年的感謝傳達守護神龍神大人，祈禱龍神大人今後繼續保佑我們的一個祭典。在祭祀龍神大人之石的祠廟祈禱後，所有參與者都會提著自己做的燈籠，組成遊行隊伍，繞城一周。

優海從出生開始就每年都會參加，我搬到這裡來之後，也一定每年都會和優海一起去。雖然是個只有五個攤販、幾乎都是當地居民參加的小型祭典，但對鳥浦人而言是相當重要的祭典。

這幾年來，陸續有許多外地人造訪。三年前的祭典，有人在SNS上傳了燈籠隊伍的照片，配上【A縣T市鳥浦的祭典。宛如另一個世界的景象】這樣的文字，有幾萬人轉發。

照片裡，眾人在沒有路燈的漆黑沿海道路上前行，燈籠隊伍淡淡的橘色燈火，散發出既夢幻又美麗的光輝，一下子便成為熱門話題，迅速打開了知名度。去年也好，前年也好，有不少外地人前來拍照。明明只是個鄉下的小祭典，真不知道為什麼會流行，令人覺得相當不可思議。

「吶，凪沙。」

聽見優海喊，沉浸在自己思緒中的我一下子回過神來。

「欸？嗯。」

「好期待暑假喔。」

一如往常燦爛笑著，還什麼都不知道的優海，

「一起去很多地方吧——。」

面對這樣無憂無慮的話，我無論如何都無法乖乖點頭，只能勉強回了句。

「……如果你期末考所有科目都在平均分以上的話。」

「欸欸!?不可能不可能，你知道我期中考的成績吧!?這竿子太高了！」

「你是要說門檻吧，笨蛋……。」

「啊，對，門檻門檻，門檻太高了啦！」

「啊——啊，再這樣下去，你應該沒辦法拿到平均以上的分數。這樣就不要想暑假出去玩了啊——。」

「欸欸——怎麼這樣……難得的暑假欸……。」

優海明顯的失望。

「你在說什麼啊，我一句不去都沒說吧？只是有附加條件而已。只要你達成目標就好。來，努力念書吧。」

「話是這麼說沒錯……但我們明明是男女朋友……。」

我輕笑著看嘟著嘴、一臉不高興的優海，剛才的食慾不振和陰鬱的心情，都不可思議的消失得無影無蹤。

那天放學後，我和優海的讀書會早早開始。

每天放學前的班會課結束後，就直接去圖書館，讀到關校門前的最後一刻。然後兩人一起回到我家，吃奶奶做的飯，接著在房間繼續讀到晚上十點。是非常精實的行程。

優海雖然覺得每天在我家吃飯很不好意思，但我告訴他一切都是為了避免他考試考不及格，所以才特別這麼做。

「好，那麼今天的數學就到這裡了。」

距離第一天考試還有兩天，我們一樣吃完晚餐就立刻打開課本。

「接著是英文文法喔！」

數學題本做到一個段落，我立刻拿出英語課本。然後優海垂著頭說「欸——」。

「我的腦子已經累到動不了了——稍微休息一下吧凪沙——。」

「說什麼悠哉的話？你哪有休息的時間？」

不出所料，優海每一科都處於危險狀態。原本擅長的化學還好，但其他的科目，特別是文科，情況非常危急。

「要是說這種沒用的話，就真的沒辦法參加夏季大賽嘍。可以嗎？」

我這麼一激勵，優海猛地挺直身體。

「不可以！我要努力！」

清楚說完後，他跟著我打開課本。

「好。那麼，就試著先從這裡寫到這裡看看。」

「是，凪沙老師！」

雖然滿臉疲憊，但開始解題時，優海順利的把空格填滿了。我心中一驚，他是什麼時候背這麼多的呢？說出來他可能會得意忘形，所以我沒說出口就是了。

不僅是英文，優海發揮他與生俱來的專注力拚命讀書，對每一科的理解能力都在快速提昇。剛剛寫的數學題目幾乎都是他自己解出答案的，碰到不會的問題，也會自己找出解法並得出正確答案，我已經沒有能教他的了。

讀書會剛開始的時候，他連中學該學到的英文單字都不會，「你的記憶力是怎麼回事!?」「就是沒好好複習才會這樣啦！」等等，我氣得要死，但努力是值得的。

我本來就相信優海死到臨頭的爆發力，所以其實沒這麼擔心。有動力又專注的話，我想就會和考高中時一樣完成目標。

昨天我本來想讚美他，說「你看，努力點果然是做得到的吧」，他一點都不害羞的回答「因為凪沙在我身邊，所以我能努力啊」，結果是我害羞了起來。

「好，寫完了！」

優海喊出聲，把筆記本交到我面前。

「有兩題不會——。」

「只有兩題？很厲害耶，剛開始是全滅的說。」

「不要說——！」

這可憐兮兮的聲音讓我笑了，我一邊笑一邊看解答，優海寫的題目全部都答對了。

「喔——真的很厲害耶優海。和一個禮拜前判若兩人。」

「嘿嘿——。」

「是說，如果已經會這麼多了，剩下的兩題應該也可以答得出來吧？再想想看吧。」

「嗯——。」

在我的鼓勵下，優海再度拿起筆，盯著講義看。想了一會後，他「啊」一聲，像想起什麼似地寫下某個答案。我一看，是正確答案。

「好厲害好厲害，答對了耶。還有一題，加油。」

說了聲喔的優海瞟了我一眼，淺笑著寫下答案。我一看，單字是對了，但字拼錯了。

「優海，字拼錯了啊。明明是很簡單的字。」

我指出這一點，優海雖然歪著頭說「欸——這樣嗎？慘了」，但這模樣讓我相當在意。

「……你故意的吧。」

我皺起眉頭瞪他，他嘿嘿笑了。

「嘿嘿，妳發現啦？嗯，我是故意的——。」

「果然！因為這個單字，你在之前上課被點到的時候有好好寫出來啊。」

「不愧是凪沙！有仔細的看著我。」

「你是在講什麼……。」

我傻眼的嘆了口氣，優海說「抱歉抱歉」地抱住我。我的背被軟綿綿的溫暖包覆住。

「我只是想，不知道寫錯的話，凪沙會不會生我的氣——。」

「什麼鬼，想要被我罵嗎？」

我苦笑著反問，優海在我耳邊點點頭。

「當然！我喜歡凪沙罵我——。」

「蛤？太奇怪了，挨罵會開心？」

「因為，凪沙只會為了重要的人生氣吧。」

這出乎意料的答案讓我吃了一驚，眨眨眼睛看著優海。他站起身，直視著我。

「妳不會為了無關緊要的人生氣。也就是說，凪沙認為我是個重要到得要生氣的人。所以，我很高興。」

我輕輕噗哧一笑。

「還真是積極思考啊。」

「欸嘿嘿。」

「不，現在這是諷刺。」

「欸——是嗎？」

優海看起來不很在意的樣子，再度抱住我。我拍拍他背脊兩下後，迅速離開。

「好，撒嬌時間結束。繼續念書嘍。」

「哈——好短暫……好夢幻……。」

雖然嘴裡說著難過的話，但優海立刻拿起筆，視線落在課本上。

直到前陣子，他要改變心情回到念書的狀態還需要花點時間，但在這段拚命念書的期間，他已經可以立刻切換狀態了。

了不起了不起，不愧是想做就能做得到的人。我一邊在心中為他拍手，一邊偷偷拍下優海低著頭、默默動手的照片。

當然有快門聲，但全心專注的優海完全沒有抬頭。

照這個步調走，考試應該沒問題了吧，我鬆了口氣。

「……考完啦——!!」

期末考最後一天，宣告最後一科結束的鈴聲響起，優海同時大喊出聲。

「喂，三島！還沒收答案卷！不要吵！」

監考老師一邊苦笑一邊說，優海抓抓頭說「對不起——」。看這個模樣，班上同學都笑了。

「真的是個笨蛋……。」

雖然我傻眼地碎碎念，但也不是不懂他的心情。每天被暴風雨般的考試轟炸，期末考終於結束了。因為解脫感想大喊的人，應該不只有優海一個。

「是說，怎麼樣，手感如何？」

老師一走出教室，我就立刻走到優海的位置上問。而後優海露出一臉滿意的笑，比出大拇指。

「應該沒問題！我幾乎都會寫！」

「真的嗎？太好啦！」

「多虧有凪沙教我很多功課，真的很感謝！」

優海說著把我抱進懷裡。因為在教室裡，我推開了他，但還是摸摸他的頭。
「好努力喔，辛苦了。」
優海舒服的瞇起眼睛。
「被凪沙讚美了——太棒啦！」
他開心地說完後，做出一個有些戲謔的表情。
「吶吶，獎勵的親親呢？」
他悄悄在我耳邊說，這次我狠狠敲他的頭。
「笨——蛋。還不知道成績呢，在講什麼啊。」
「欸！那麼，要是成績好的話就可以的意思嗎！」
「積極笨蛋！」
我拍拍優海的背，回到自己座位上收拾東西準備回家。
今天為止是考試周，所以中午就放學了。雖然考完了很開心，但也覺得這是最後一次能提早回家，有點依依不捨。
然後我突然想到了一件事，轉頭看向優海。
「吶，優海。你社團活動是中午開始吧？幾點開始？」
「下午一點開始喔。」
優海走過來回答。
「那在這之前你怎麼辦？」

「嗯——去便利商店買飯，隨便打發時間然後去社團活動。」
「那麼，我們去走走吧。」
我的話讓優海的臉唰一下地亮了。
「欸，什麼什麼，午間約會嗎!?」
「不要老是說約會約會啦——只是一起吃個飯而已。」
「太棒啦——!!」
優海舉起雙手歡呼，踩著跳躍般的步伐去拿自己的物品。
我打從心底覺得不可思議，為什麼這麼一點小事，也能這麼欣喜若狂呢。
在優海心中，歡喜、開心這類明亮的感情，就像永遠不會乾涸的泉水般，源源不絕地湧出吧？所以一點小事也能像是久旱逢甘霖般開心，平凡的日常生活中也能一直帶著太陽一般的笑容。

水津高中周圍有幾家餐廳，不管哪一家都便宜好吃，所以高中生入店消費也不覺得有壓力，學生們常去。
但是，今天天氣很好，天空晴朗美麗，所以我們想在外面吃飯，在便利商店買了午餐後走到附近的公園。
在綠葉繁茂的大樹下找到一張空長椅，我們並肩而坐。雖然外頭太陽很大，熱得不住流汗，不過由於溼度相對低，因此乾乾的很舒服，一走進樹蔭底下，體感溫度便一下子降了下來。

微風吹動頭上的樹梢，發出涼爽的沙沙聲。

「好舒服喔。」

「嗯，到外面來真是太好了——。」

打開塑膠袋，拿出買的東西。優海買了三個鹹麵包和碳酸飲料，我買了兩個甜麵包和甜咖啡歐蕾。

優海打開寶特瓶蓋時，咻地發出清爽的聲音。我也把吸管插進杯子裡。碳酸沙沙的聲音從隔壁傳過來，聽起來頗為悅耳。

我一邊和優海聊考試的答案一邊吃麵包，偶爾喝一口飲料。優海飛快的一個接一個，很快就掃光了三個麵包。

「我吃飽啦！啊——好好吃啊。」

他一臉滿足的摸摸肚子，我輕輕深吸一口氣後開口。

「……吶，優海。」

「嗯？」

「你想吃冰嗎？」

聽到我的話，優海睜大了眼睛。

「欸，什麼？妳想吃冰嗎？」

優海說著，抄起錢包，迅速站起來，看起來要衝去買冰。我慌忙拉住他的手臂，讓他重新坐下。

「不是不是，不是這個意思……來，這個。」

我從袋子裡拿出在便利商店買的冰。是優海喜歡的蘇打口味冰棒。

「欸！騙人，是買給我的嗎!?給我!?」

「啊……畢竟你那麼努力念書備考，這是獎品。」

我莫名覺得尷尬，別開眼小聲地回答，優海說「真的嗎!?謝謝!!」，摟住了我。

「喔唷……不要立刻抱上來。好了好了趕快吃吧，要融化了。」

我聳聳肩，把那袋冰棒遞給優海。我買了冷凍瓶裝飲料一起裝進去，應該稍微好一點，但在這種烈日下，應該也開始融化了。

「那，我就不客氣了，我開動啦！」

優海就著袋子把冰棒分成兩半。他從小就喜歡的這款冰棒，插有兩根冰棒棍，正中央有一條縫隙，可以分成兩個。

優海用認真的目光，輪流看著兩隻手上拿著的冰棒之後說：

「來，凪沙。」

把其中一支遞給我。

「欸？我不用啦，是買給你的，你可以全部吃掉喔。」

「才不要。我想跟妳一起吃！」

即使我搖頭，他還是伸出手要給我冰棒，固執的一步不讓。

「拿你沒辦法……那，我吃嘍。」

我伸手去接，仔細一看，他遞給我的那一半比較大。

「等等，這是買給優海的，你至少吃大塊的那份吧。」

說罷，我伸手去拿另一支，但優海舉高了手不給我。

「不行不行。這個看起來比較好吃，所以我想讓凪沙吃這個！」

他非常堅持，所以我嘆口氣說「味道一樣啊不是嗎」，接過大份的冰棒。

優海總是這樣。兩個人要分享什麼東西的時候，他一定會把好的給我。比較大的蘋果、草莓比較漂亮的蛋糕，擠滿我愛的鮮奶油的聖代。披薩有許多配料、烤得比較好吃的部分，烤魚骨頭少而方便吃的部分。

而且不僅是食物。坐下的時候，會選冷氣不對著我直吹的、靠暖爐近且溫暖的、可以看見美景的座位給我。走路時，一定是自己走在靠車道的外側、被小石頭或垃圾弄髒的一側、草或植物籬笆長出來的那一側。

我往旁邊一看，優海吃著冰棒，看起來很好吃。我偷偷拿出手機，拍了一張他的側臉。

「嗯？」

注意到快門聲，優海轉過頭來。

「又是拍照。」

他覺得有趣地笑了，對著鏡頭比V。

「擺出更有趣的表情喔。」

聽我這麼要求，優海一邊「欸——？」的笑了，一邊咬了一大口冰棒，搞笑的鼓起臉頰。

他的臉看起來很滑稽，我一邊努力不讓自己因為笑得太過頭而手震，一邊按下拍照鈕。

「讓我看、讓我看。」

優海探頭來看，所以我打開相簿，讓他看剛剛拍的照片。

「哈哈，糟糕——這臉好怪！」

優海捧腹大笑，笑到打滾。

我輕輕一笑，趁他不注意的時候悄悄湊過去，在他臉頰上落下一吻。優海有點驚訝的摀著臉頰轉過來，呵呵笑了。

「這也是獎品？」

「算吧。」

「哇靠——冰棒和親親，也太豪華了吧！」

我笑著說「笨蛋」，把半融化的冰棒含進嘴裡。清爽的蘇打味在我舌頭上融化成水。

「因為啊因為啊，凪沙主動超罕見的嘛！今天我搞不好會高興到睡不著！」

「笨——蛋。明天開始是整天的課，不可以不好好睡喔。」

「那，為了讓我的心情冷靜一下……。」

這麼說的優海，忽然微微傾身，在我的唇上落下一個吻。

這意料之外的舉措讓我睜大眼睛，他得逞似的賊賊笑了。我雖然做出憤怒的表情，但下個瞬間，當我們四目相對時，兩人同時笑了出來。莫名好笑得不得了，我們笑得停不下來。

一邊放聲大笑一邊仰望天空時，看見樹梢另一端是一望無際的明亮藍色。感覺像是我們兩人份的笑聲，宛如蘇打的水泡一樣唰唰爆開，飄上天空。

命運的期末考答案卷，在第二天的第六節課，班會課時間，所有的科目一起發了回來。

「凪沙——！」

拿到一疊答案卷的同時，優海朝我的位置飛奔而來。

「……怎麼樣？」

我緊張的問。而後，他帶著滿臉笑容，比出勝利手勢。

「所有科目都及格——！耶!!」

我一聽到這句話，高興到連自己都嚇到。

「真的嗎!?你努力做到了耶！」

我開心不已，不由得和優海擊掌。雖然這不是我的個性，但我真的高興得不得了。

拿他的答案卷一看，雖然特別不擅長的古典文學和日本史勉強及格，但其他的科目都超過及格線許多。

太好了。這麼一來，優海就能參加暑假的比賽了，我鬆了口氣。

鬆口氣也只是轉瞬間，聽到優海聲音的班上同學們聚了過來。

「好厲害啊——優海，做得到嘛。」

「很努力耶！」

「恭喜你——！」

「從那種狀態變成這樣耶。」

接受大家的祝福，優海笑著說「因為我是想做就做得到的人啊」。

看到他安逸的樣子我傻眼，拍了拍優海的頭。

「好痛！」

「不過是沒有不及格，也高興過頭了吧！及格是理所當然的啊！」

我睜大眼睛轉頭向他疾言厲色地說，得到一個微笑。

「對啊──。」

「是的。讓我看看下次所有科目都要超過平均分的氣概啊。」

「嗯？危害？危險的害？」

「不是！關鍵是幹勁。如果第二學期成績不好的話，就不能參加冬季大賽不是嗎？」

這麼一說，優海的肩膀立刻垮了下來。

「啊──嗯，是這樣啦……。」

「如果目標放在滑壘及格上，說不定會失敗，所以下一次要訂立計畫，早早開始準備，要以所有科目都拿到平均分數以上為目標！」

「Roger！」

優海做出敬禮的動作後，笑得一臉燦爛看著我。

「沒問題喔，因為凪沙在我身邊！下次也會教我功課吧？」

我的心猛地一跳。一邊拚命不讓自己的心情顯露在臉上，一邊回他「不要撒嬌，笨蛋」。

「我下次不會教你了喔。只有這次是特例。」

欸，優海張大了眼睛。面對他的呆樣，我端著一張冷臉告訴他。

「之後我絕對不會教你任何東西，所以優海你必須靠自己克服。這次是我最後一次幫你了。」

欸欸——優海一臉快哭出來的表情。

「為什麼啊——。」

「因為我不可能永遠幫你吧。都已經是高中生了，自立！知道嗎？」

「……好——。」

我沒有硬去鼓勵或安慰明顯沮喪的優海。淡淡說「走嘍」，離開他的位置。

我迅速收好自己的東西，拿起書包站了起來。一看，優海這次被籃球社的夥伴們包圍，開心地笑著。

大家確認彼此沒有不及格，一定很開心。

太好了，真的。努力兩週是值得的。我再次鬆了口氣。

我一邊離開教室走在走廊上，一邊想著結束了啊。

期末考結束了。我的其中一個目標，終於完成了。

時間確實地流逝。

然後，「命運之日」要到來了。我原本覺得還遠，但那一天一定一回神就到了吧。

正因為時間過得很快，我不想浪費得到的時間。

馬上就到了。還有一點點時間。已經決定了，一定得這麼做。

我一邊迅速走向停車場，一邊反覆說給自己聽。

第五章　星之數

「終於到啦，暑假！不用暑輔的暑假！」
休業式結束的瞬間，優海帶著比太陽還燦爛的笑容向我跑了過來。
「太鬧了很熱，吵死了。」
雖然果斷推開了他，但他不是會因此退卻的人。
「和凪沙去哪裡玩呢，和凪沙一起做點什麼呢？」
他用興奮到幾乎可以加上音符似的語調這麼說，我決定提醒他。
「在那之前有籃球大賽吧，有時間去玩的話，好好去社團練習吧。」
「那一定會努力的啊——那之後要認真和凪沙約會——。」
「不要自己決定啊笨蛋。」
籃球大賽預計在一週後舉行。在那之前，他們會每天早上在體育館練習，下午各自自己練習，過著從早到晚充滿籃球的生活。
好拚喔，真是青春啊，回家社的我佩服不已。
我沒有參加社團，也沒有去補習，所以過著每天幫奶奶做事、偶爾和真梨以及中學時代的朋友出去玩的悠閒日子。
「吶吶凪沙——要不要來看比賽？」
在去教室的路上，身邊的優海問我。
「……應該會去吧。」
我稍微想了想回答後，優海驚訝的張大眼睛。

「欸，真的嗎!?」
「是你邀我的，為什麼這麼驚訝？」
「因為凪沙以前都說很尴尬所以不來啊！雖然拜託妳還是會來啦。」
的確，我以前都是這樣。
去看男朋友比賽幫他加油老套又尴尬，優海投籃進球時其他人的揶揄也讓我很窘，所以很難說出「我去」。
但是，我喜歡看優海打籃球，當然會想去加油。只是沒辦法老實說出口而已。
「嗯，是你高中第一場大型比賽嘛。我會去喔。」
「真的嗎——太好啦！凪沙來的話我會超級超級努力打球的！一定會好球連發——！」
「又說這種好聽話了。」
「真的嘛——。」
我們這樣一來一往對話時，身後傳來「感情還是這麼好啊」的聲音。轉頭一看，真梨從我旁邊經過說「最佳情侶就是你們兩個啦」。
所謂的最佳情侶，是指在第二學期舉辦的園遊會活動中，獲得「水津高中最佳情侶獎」第一名的情侶。不知道是真的還是假的，但好像拿到這個獎的兩人，日後通常會結婚。
「嘿嘿嘿，最佳情侶啊——怎麼樣，要參加嗎？不知道拿不拿得到第一名？」
優海高興的問我。
「不會，我不參加喔。」

我乾脆的回答，優海雖然「欸——」的該了幾聲，但下一秒就若無其事的笑了。

「嗯，也好。凪沙不喜歡出風頭啊。」

「你很清楚嘛。」

我聳聳肩回答後，換了個話題。

「比賽幾點開始？」

走進教室，優海一邊收拾書包一邊回答。

「我們的比賽從十點開始，要是贏的話，第二輪比賽從下午兩點開始。第二輪贏了的話，第三場比賽是明天！」

「這樣啊。加油喔。」

「嗯！不過，第二輪比賽一下子就遇到了可能奪冠的強隊。應該第一天比賽就會結束了。」

「這樣啊。運氣不好。」

「但是，能和高手過招還是很幸運。會用什麼技巧呢——會採用什麼戰術呢——我好期待喔。」

一如既往，非常非常正向積極。對於像我這樣凡事往壞處想的人而言，很羨慕他的正面思考。

「好——我走嘍。」

優海收拾好東西站了起來，我說「我陪你走一段」，跟在他身後走出教室。

「吶……那個。」

我算準了周圍沒人的時間點開口。

我看到優海嗯一聲轉過來的臉，心跳突然加速。

糟了，心跳快到不像我自己。因為緊張，我的喉嚨發緊。

我吞了口口水，手在口袋中摸索，掏出一個東西。

「這個給你。」

趁著我的決心還在，我盡力伸出緊握的手。

「什麼？點心嗎？」

我默默把拳頭壓在一臉疑惑的優海臉頰上，他笑著說「什麼啦——」，抓住我的手。

「哪個哪個，會出現什麼呢——。」

優海高興地說，拉著我的手，手指鬆開的瞬間，他的眼睛圓睜，整個人僵住。我受不了這種沉默，用生氣的語調說「驚訝過頭了」，但臉頰還是不由自主的紅了。

「……欸、欸、欸？這是什麼，為什麼？」

優海終於抬起頭，啞然地看向我。

「……幸運繩。我昨天做的。」

我回答的聲音果然很不親切，一點都不可愛。但是，這就是我，沒辦法。

「欸——!!哇——!!」

優海突然驚聲大叫。聲音在空無一人的走廊上迴盪。

「等、好吵……。」

「真的嗎——！凪沙編幸運繩給我——!!」

不要特意說出來啊笨蛋，我在心裡暗罵。因為太尷尬了我有點生氣，不過在這種難得開心的時候潑他冷水也太可憐了，所以我忍耐下來。

「幸運繩就是那個吧？斷掉的話願望就會實現的東西！」

「嗯，對唷。」

我看著優海手中的幸運繩點點頭。這是昨天晚上，我突然想到編出來的。

小學時代，使用自己喜歡顏色的手工藝線材編幸運繩，和朋友交換，在女孩圈子裡很流行。上了中學後，也經常看到運動類社團的成員製作一樣的手環，並且配戴在身上。

既然最近優海要比賽，難得有機會，乾脆做一個給他吧。

按照優海給人的印象，我挑了紅、黃和橘三色。太久沒有編，已經忘記該怎麼做了，而且也編得不是那麼好看，所以重做了好幾次，就這樣弄到凌晨兩點，但我想應該做到了，就算優海一直戴著也不會丟臉的程度。

「真的嗎！那，妳許了什麼願？」

「優海不要受傷，全力以赴，享受比賽，沒有任何遺憾。」

「喔——好欸！」

「在它自然斷裂之前，不可以拿下來或切斷它喔。這樣的話許的願望就失效了。」

「了解！」

「手伸出來，我幫你戴。」

優海帶著燦爛笑容，將鬆開的右手伸到我眼前。

我一邊祈禱希望願望能夠實現，一邊像在執行什麼儀式一般，仔仔細細地注入許多想望，把太陽色的幸運繩綁在優海手腕上。

「好，綁好了。」

「謝謝！糟了，我超開心的！」

優海一邊嘿嘿笑著，一邊戀戀不捨的看著手腕上的幸運繩。

「好厲害啊——繫上這個願望就能實現什麼的！妳有這種超能力嗎？太讚了——。」

他一臉佩服的稱讚幸運繩，我聳了聳肩。

「你說什麼呀？雖然大家都叫它幸運繩，不過也只是迷信而已。」

優海眨眨眼睛望向我。

「真是，為什麼你什麼都認真相信啊。」

「欸——因為，信者得救嘛。」

不只嘴上說說，優海是真的打心底相信。非常純真無暇，什麼都信，所以我開始擔心起來。

「我有一個重要的忠告。如果像這樣什麼都不懷疑，一開始就相信，總有一天會被壞人騙喔。」

我擺出認真的表情，直直地看著優海的眼睛，鄭重宣示。

可優海卻一臉無所謂的樣子，只是笑著說「或許吧」。

明明我是真的擔心他，真是個傷腦筋的人。被騙都不知道的笨蛋，我在心裡有點無奈的罵了他一頓。

也許是我抓到機會，把行程排滿的關係，暑假的第一個禮拜轉眼就過去了。今天，是籃球比賽的日子。

「凪沙——！早安！」

明明是天還濛濛亮的早上五點，但優海依然精神抖擻地用力揮著手，朝我跑了過來。

他穿著白色T恤和及膝的球衣，背著大背包，拿著一個看起來非常重的手提袋，肩上還掛著一個裝了三顆籃球的包包，一身雜亂無章。

「早安。你的行李好多，我來拿一個吧。」

我忍不住伸手要去拿，結果被乾脆的拒絕了。

「謝謝！不過沒關係，我扛得動。」

可我仍然無法袖手旁觀，把手提袋搶過來。

袋子重到我以為手臂會斷掉，往裡面一看，是大到沒看過的水壺，還有一個便當盒，比我用的大一倍。

我盡量忍著不表現出驚訝之情，開口說道。

「這什麼超大水壺！便當盒也好大！」

「兩公升的水壺喔。如果不帶這麼多撐不到傍晚。」

說得也是，我了解了。如果幾個小時跑來跑去肚子會餓，在盛夏運動還會爆汗，絕對很容易口渴。

「而且也能做重訓」，優海笑著說，從我手裡把手提袋拎回去。

「那個便當……怎麼來的？」

「嗯──我把自己做的還有隔壁奶奶分給我的菜隨便塞塞。」

我們並排著聊天，一起往附近的公車站走去。

「嘿，做菜呀，了不起。」

「嘿嘿，我最近覺得做飯滿有趣的，不過我還只會做玉子燒、荷包蛋和水煮蛋這些就是了。還有沒料的蛋包飯。」

「怎麼全是蛋？」

「哈哈，因為我喜歡蛋呀。」

沒有被我的吐槽嚇退，優海高聲大笑。

「做得很好喔──下次做給妳品嚐看看──」

「欸──優海煮的菜，總覺得有點可怕。好像會放錯鹽和糖，醬油和醬汁也是。」

「才不會咧──。」

「也很擔心你有沒有好好洗手。」

「哇，好過分──我有好好洗手啦！」

「抱歉，開玩笑的開玩笑的。有機會的話請讓我嘗嘗看。」

「耶！吃吃吃！」

我們開玩笑的聊天，到了公車站。

比賽前要搭公車去某個地方，所以今天我們一大早沒有什麼人的時候就來了。

公車大概還有五分鐘才來，我們並肩在長椅上坐下。因海風而鏽蝕的金屬製椅腳嘎嘎作響。優海開始繫球鞋鞋帶，我面朝堤防眺望著海洋和天空。

還帶著夜晚殘留的涼爽空氣，清爽拂過肌膚的微風，平靜的海面與沙沙的海浪聲，澄澈的晨光，蟬鳴大合唱。我不由得瞇起眼睛，好棒的早晨。

我發了會呆，感覺旁邊有人在看我，我轉頭問怎麼了，優海笑咪咪的說。

「妳今天的樣子，好可愛喔。」

突如其來的讚美讓我嚇了一跳，沒辦法立刻反應過來而呆住。他不在意的微笑看著我。

「雖然凪沙穿制服、穿便服都可愛，但今天特別迷人啊——。」

「……蛤？這只是普通的衣服……真要說起來，我覺得很樸素就是了。」

一點都不特別的米白色女用襯衫和灰色短褲。背著黑色後背包，右手拿著麻布包。預想會走很多路，所以腳上穿的是運動鞋。

一點都沒有女高中生的樣子，單調樸素的搭配。唯一有顏色的地方，是脖子上掛著的櫻貝項鍊。這種模樣，一點都不適合可愛這個詞。

但是，雖然並不是什麼漂亮衣服，不過像襯衫的蓬鬆輪廓、短褲的格子圖案和下擺寬度、去年生日奶奶買給我的球鞋、在店裡一眼看上的背包等等，全都是我喜歡的東西，因此能得到讚美，還是相當開心。

「是嗎？我不覺得樸素就是了。簡單、成熟又冷靜，很適合妳唷。」

「……謝謝。」

我一直覺得不可思議，優海到底為什麼能若無其事地說出這種令人害羞的話呢？

我絕對學不來。

為了掩飾我的窘態，我打開手機拍照功能拍下照片。優海的笑容、巴士站的標示，還有另一頭的藍天與海洋。

「又在拍照呀」，優海笑著說。

「妳最近迷上攝影了？那是叫單眼相機嗎，用那種合適的相機開始拍拍看？」

「我不是喜歡攝影或是相機，所以沒關係。」

我挪開視線，簡短回答。

「欸，這樣啊？但妳最近一天到晚都在拍，有點反常耶？」

「只是最近突然莫名想拍而已，一點都不反常。」

「這樣啊？」

這時候，聽見一個輕微的震動聲。是優海的手機。似乎是收到社團活動相關的訊息，優海啪啪點著鍵盤回覆。

這之間我又怔怔地看著大海，就在這時候，公車伴隨著引擎聲從另一頭駛來。

「優海，公車來嘍。上車吧。」

「好。」

第一班公車，除了我們以外，就只有一位穿西裝的大叔搭乘。我們在最後一排並肩落座，緊緊依偎在一起，手牽著手。

手與手重疊的那瞬間，平常那種互相吸引的感覺回籠，我被一種安全感籠罩。

我知道在公共場所這樣近距離接觸，或許有人會不舒服，但現在人很少就特別破個例。

我一邊看著窗外掠過的風景，一邊想起過去的事情。中學一年級剛開始跟優海交往的時候，大人看到我們手牽著手散步，會在背後偷偷說「三島家的少爺被勾引了」、「不愧是蕩婦的女兒」。被稱為蕩婦的，是我的媽媽。

我五歲的時候被媽媽帶到鳥浦，這裡是爸爸的老家。爸爸不久前因病過世。

也許是一個人撫養女兒覺得不安，也許覺得孩子是累贅，媽媽把我交給爸爸的媽媽，也就是我的奶奶之後，就這樣消失了。

雖然奶奶告訴我，「總有一天媽媽會回來的」，但我聽過喜歡講八卦的親戚叔叔阿姨說「跟男人私奔了吧」、「讓寶貝獨生子娶這種沒用的女人，本來就是個錯誤」。也聽過他們說爸爸「明明是個認真善良的男人，被那種女人騙了，英年早逝，真是可憐」。

這種八卦傳得很快，我很清楚的知道，無論我走在鳥浦的哪裡，別人都會說我是「被喜歡男人的媽媽拋棄的可憐女孩」、「日下家沒爸媽的孩子」。年紀再怎麼小，還是能敏感察覺周圍的人是怎麼看我、怎麼說我的。

或許是因為大人們都冷眼待我，小孩們也跟我保持距離。在幼兒園裡沒有人跟我說話，我很生氣，總是一個人自己玩，認為「我不需要朋友」。

但只有同班的優海跟我說了很多次話，約我一起玩，不管我拒絕還是冷淡回應，都不容拒絕的強行拉著我的手，硬是帶著我到處跑。

過沒多久，我就覺得全力抵抗他的自己像個笨蛋，便開始很正常地和優海一起玩。而後和其他孩子也漸漸變成了朋友，不知不覺間，和同學完全打成了一片。

即使如此，大人們依舊會帶著有色眼鏡看我，總覺得不舒服。其中，只有優海的雙親把我當普通孩子看待。笑著跟我打招呼、出去玩時給我零食、惡作劇時會責罵我。

對已經厭倦被憐憫、被人在背後議論的我而言，除了奶奶家以外，就只有優海家能讓我有安全感。當時奶奶為了撫養突然到來的我，每天從早到晚工作，為了不一個人待在家裡，我便厚著臉皮一直待在優海家。

我非常喜歡優海的家人。突然單獨一個人被丟到陌生的地方，幾乎要被不安壓垮的我，多虧了有溫柔的奶奶和優海的家人，才得以沒有誤入歧途，平安長大。

就這樣我漸漸習慣了鳥浦。但是，有些大人不管過多久都不會改變。然後，知道我和優海交往，就用小時候備受大家寵愛的他被我這種壞女人騙走的眼光在看我們。

我討厭連優海都被說壞話，就要求他在公共場合不要有太多接觸。但優海總是不在意的一笑置之。

「又不是做壞事，凪沙不用在意，光明正大的就好。」

從那之後，只要有人在看，優海就會大聲喊我的名字，有機會就牽我的手，開玩笑似的抱住我。這其實是優海藉著宣傳他喜歡我，幫我拉了一道防線，以免我被說一些尖酸刻薄的話。儘管我裝著傻眼或不喜歡的樣子，但我很久以前就知道了。優海總是很溫柔，把我放在第一位。

一段時間後，就幾乎沒有什麼人說我們的壞話了，現在我們可以說是鳥浦公認的情侶。我想，這一切都是託了優海的福。

經過三個公車站後，我們按了下車鈴。

我們在「靈園前」這站下車。眼前是一片大型寺廟附屬的墓地。

「啊，祭拜用的花呢？你不會忘了吧？」

我突然想起來一問，優海指著街角的另一邊。

「那裡有花店。我都是在那裡買的。」

「這樣啊。但是，這麼早有開嗎？」

我看著優海指的方向問，優海用力的點頭。

「我之前來的時候，雖然是早上六點但有開，所以我想應該沒問題。」

一如優海所說，花店的鐵捲門已經打開了。

是一家充滿昭和時代氣息的花店，與現在的Flower shop有點像又不太一樣。然而，插在藍色塑膠桶裡的花朵們都生意盎然，水嫩水嫩的，看得出來被小心對待。

「早安。」

「哎呀，歡迎光臨，優海同學。」

優海一邊打招呼一邊走進店裡，坐在後面收銀台的阿姨微笑站了起來。看起來他在這邊也頗受歡迎，不愧是對誰都友善的優海。

「今天也來掃墓？總是這麼了不起啊。」

「嗯，因為今天有比賽。有困難的時候就會求神拜佛，不，我這算是拜託家人吧？」

「呵呵呵，如果是優海同學的事，想必你的雙親與弟弟都會全力為你加油。一定會贏的，要有信心，努力去做。」

「嗯──謝謝阿姨！啊，請給我之前那種花。」

「好的好的，交給我吧。今天也會給你一點贈品。」

「哇──謝謝！」

「不會不會，不用客氣。」

花店阿姨臉上帶著笑環顧店裡的鮮花，發現我後眼睛睜得大大的。

「哎呀！妳……莫非是優海同學的？」

糟糕，被發現了，不管因尷尬與窘迫而僵住的我，優海掛著一如往常的笑容，用力點頭說「嗯！」。

「對，我的女朋友，叫做凪沙──很可愛的名字對吧？」

「哎呀哎呀，不錯不錯。」

「是個溫柔、聰明、堅強的人，又漂亮又可愛，是最棒的女朋友──！」

「啊呀，感情真好啊。」

「欸嘿嘿，沒什麼啦——。」

優海傻笑著，大剌剌抓抓頭，我輕輕拍了拍他的臀部，向花店阿姨鞠了個躬。

「初次見面，我是日下凪沙。優海承蒙您照顧了。」

「啊呀，好有禮貌。我這邊才是，優海同學總是來我們店裡買花，幫了大忙喔。」

「這樣啊……謝謝您對優海這麼好。」

我再次低頭鞠躬，花店阿姨帶著溫柔的微笑拍拍我的肩。

「和這樣可靠的小姐交往的話，你的家人也能安心了。」

花店阿姨微笑看著優海。我不知道該怎麼回答，再次微微低下了頭。

「啊，你說有比賽。那得快點。那，要用什麼花呢……？」

花店阿姨在店內逡巡，開始選花材。我和優海在她身後偷偷地相視而笑。聽到「家人也能安心」這句話，我莫名開心。

接過用報紙包的花束，付了錢之後離開花店。

外面已經完全沒有夜晚的感覺了，天已明亮如正午。寺廟後面是綠意盎然的山，周圍蟬聲四起。

我們走進墓園，目光所及、四面八方都滿是墓碑。看著排列整齊的無數墳墓，我有種「有這麼多人過世啊」的奇妙感慨。明明當死亡實際降臨到自己身上，或失去親近的人時，是那麼痛苦、悲傷又心酸的，但看了這樣的景色，又覺得人類的死亡其實相當稀鬆平常，真是不可思議。

我們在汲水處把桶子裝滿水，朝目的地前進。

【三島家之墓】。我是第二次來這裡。上一次是優海家人的的葬禮結束，舉行納骨儀式的時候。

我一想到那些溫暖和藹的人，遺骨被埋在這麼冰冷的石碑中，便感到悲傷和無能為力，怎麼樣都沒辦法過來。

但是，我不能永遠都這麼任性，所以今天比賽前跟著優海來掃墓。

「爸、媽、廣海，好久不見。吶，今天凪沙來了唷，你們應該很開心才對？」

優海對著墓碑，就像他們還活著似的，帶著無憂無慮的笑容說。

「我想你們知道，凪沙跟我在交往了——雖然我配不上她，但我一定會好好珍惜凪沙的，應該可以吧？」

優海用長杓把水澆在墓碑上，一邊洗去汙痕，一邊開心的說。這模樣和家人在客廳聊天並無二致。

「今天啊，等下會有籃球比賽。期末考很難，要是考不及格有可能不能出賽，不過多虧了凪沙的鼓勵和教導，我拿到了好成績，進入先發陣容。凪沙很——厲害吧。是我的恩人！是我自豪的女朋友——而且你們看！幸運繩！是凪沙做給我的！很棒對不對？有沒有超開心!?」

我一邊聽優海說話，一邊把原本插在花瓶裡的花清掉，水倒進排水溝，稍微清洗一下後插上新的花。然後點燃線香，把奶奶做的萩餅一起供上。

我站在優海身邊，雙手合十，沉默的閉上眼。想著優海在祈禱什麼呢？

我睜開眼往旁邊一看，越過獨自繼續祈禱的優海側臉，線香的煙搖晃著飄向藍天，看見這模樣，我悲傷不已。

「呼——還是大清早的就好熱了喔——。」

優海抬起肩膀，用袖口擦去太陽穴上的汗水，望向天空小聲地說。

我們掃完墓，在流洩而下的陽光中往最近的車站走。接下來要搭電車去比賽會場。

「真的很熱。一點都不像才早上七點。算了，馬上就要八月了，這也是理所當然的。」

今天特別熱，隨著太陽越爬越高，天氣也潮溼起來，悶熱潮溼，稍微走走，汗就像瀑布一樣，全身都是。

「在這種高溫高溼的天氣跑來跑去會很辛苦。小心不要中暑嘍，優海，要好好補充水和鹽分。」

優海點頭說「好」，之後笑著說「凪沙在擔心我啊——好開心。」

我心裡一直都是這麼想的，只是不好意思說出口。

走了五分鐘左右，看見車站。今天是平日，所以很多搭電車通勤的男、女上班族陸續走進車站。

正好是上班尖峰時間啊，我想。平常我們是騎腳踏車上學，只有週末假日才會搭電車，所以總覺得新鮮。

就在我怔怔地想這些事情時。

一陣空氣都為之震動的巨大引擎低音傳來，我和優海反射性的往聲音來處看去。一輛鮮紅色的跑車呼嘯而過，以極快的速度在站前街道上行駛。

我全身雞皮疙瘩唰一下起來，有種不好的預感。

我不由得緊緊握住優海的手。他雖然用力回握說「沒事的」，可心中的不安並沒有消失。

儘管前方的紅綠燈由黃轉紅，車子卻絲毫沒有減速，朝我們所在的路口駛來。

危險，我幾乎要喊出聲。四周的人也察覺到了不對勁，有男性試圖比劃阻止。

即使如此車子還是就這樣衝進了十字路口，向右急轉。眼看就要跟轉綠燈後駛來的對向來車相撞，尖銳的喇叭聲響起，但車還是往前衝。

一看，在我眼前的一位老爺爺或許是重聽，沒有注意到失控的車子，開始過馬路。

我嚇得面色如土。

反射性地伸出手卻碰不到。來不及了，我閉上眼睛，就在下一個瞬間。

「危險!!」

優海大喊著衝到車道上，抓住老爺爺的手臂。與此同時車子也衝了過來。

伴隨著震耳欲聾的尖銳剎車聲，車子停了下來，幾乎是同一時間，優海抱著老爺爺倒在人行道上。

這一切看起來都像慢動作，一個一個場景深刻烙印在我腦海裡。我的心臟狂跳到近乎疼痛。

確定優海沒事後，我狂跳的心漸漸平靜下來，放下心來鬆口氣也只有片刻，這次被宛如燃燒全身的憤怒淹沒。

抬起頭，駕駛座上的男性臉色通紅，大吼「混帳——！」對老爺爺破口大罵。看到這一幕，我的憤怒達到頂點。

我看看地面，撿起找到的石頭，用盡全力向車子丟去。想著要是能把車砸爛就好了。

但是，有雙手在我丟出石頭前就阻止了我。優海立刻站起來，抓住我的手臂。

為什麼要阻止我啊，我帶著怒意瞪著優海，他朝我露出笑容。然後轉身，突然打開準備要開走的跑車車門。

一頭棕髮的年輕駕駛一臉驚訝，緊急煞車。劇烈搖晃後車子停了下來。

「大哥。」

優海用他一如往常開朗的聲音開口。

「幹嘛，你這小子——！不爽是不是！」

優海帶著笑容，對著一臉憤怒瞪著他、態度惡劣的男人說。

「橫衝直撞開車很危險喔。要小心一點啊。要是壓死人，大哥你的人生也就結束嘍。」

優海對著呆住的男人舉起手說「拜」，砰的一下關上門。男人滿肚子火的嘖了一聲後，高速開走。

「來，我們走吧。」

優海像什麼事都沒發生過似的開口，撿起自己丟下的物品，向不住道謝的老爺爺點頭致意後，快步朝車站走去。

身為當事人的優海很平靜。但是，我不行了。邁開步伐追著優海的瞬間，再也忍不住淚水。

嗚嗚，我一邊抽抽噎噎一邊流眼淚，優海驚訝地轉回頭。

「欸，凪沙？怎麼了，哪裡受傷了嗎？」

雖然想回答我沒有受傷，但被眼淚影響，說不出話。關心我比關心自己還多的優海實在太善良，好痛苦，眼淚又湧了上來。

「凪沙……。」

優海不知所措的握住我的手。我一邊像小孩一樣哭得眼淚直掉，一邊回握優海的手，比賽不能遲到，所以總之先往車站方向走。

「凪沙，妳沒受傷對吧？怎麼了？」

「……好恨……。」

我一邊抽抽噎噎，一邊硬是擠出話來。

「為什麼，為什麼，這種傢伙在開車呢？因為有這種人所以才會發生車禍、有人死亡啊。不可置信，無法原諒，好恨……！」

淚水止不住地流，模糊了我的眼。

「為什麼那樣的人渣活得這麼安逸，優海的家人就必須死呢……？」

在我透明而扭曲的視野中，看見優海困窘的笑了。

優海的家人，在他小學四年級的時候因車禍而身亡。

優海的雙親、優海和弟弟廣海，一家四口走斑馬線穿越馬路時，被一輛無視紅綠燈的卡車輾過。

保護優海的優海爸爸，還有保護廣海的優海媽媽被夾在護欄和卡車之間，當場死亡。廣海在抱著保護他的母親懷裡，受到瀕臨死亡的重傷，沒有恢復意識，就這樣在三天後停止了呼吸。

我至今清楚記得那時的種種。收到出事的消息時幾乎要昏倒的震驚。在葬禮上實際感受到他們死去時，幾乎全身無力的悲傷。在新聞節目上看見肇事男子的臉時，熊熊燃燒的怒火。

那麼善良的幾個人，明明沒有犯錯，為什麼卻得丟掉性命呢？我無論怎麼想都不懂，無論如何都無法原諒司機。恨到想要殺了他。

優海被優海爸爸推開所以保住一命，但跌倒的瞬間撞到頭，渾身是傷，住院住了好一段時間。和奶奶一起去探病時，他那全身纏滿繃帶、癱軟躺著的模樣，至今仍然歷歷在目。

一下子失去摯愛家人的優海，出院後因備受打擊而陷入憂鬱，有一段時間沒有上學，甚至連門都沒辦法出。

我非常擔心優海，每天都去他家。我沒辦法幫他做什麼事，能做的只有陪在他身邊，雖然知道這只是自我滿足，但我還是覺得自己必須和他在一起。

意外發生後的兩個月左右，優海漸漸露出笑容，也能去學校上課，過了三個月後，已經完全恢復原本開朗的模樣了。

之後，身心都恢復正常的優海，搬到了意外發生後就一直同住、照顧他的奶奶家。

和最要好的優海分離雖然寂寞，但距離並沒有這麼遠，這期間我們一直有透過電話和信件聯絡，所以可以忍耐。

可是，還不到一年，他的奶奶因病過世。優海唯一有血緣關係的親屬不在了，變成孤零零的一個人。他的奶奶過世後，我立刻去探望了他好幾次，但優海總是堅強的用笑容迎接我。

沒多久，優海便被帶到一位遠房親戚家裡。儘管他去了遠到無法時常見面的地方，讓我覺得有點寂寞，不過為了優海，一切我都能忍下去。

但不知為何，優海幾個月後一個人回到了鳥浦。在即將升上國中、我們是小學六年級學生的冬天。從那時候開始，他就一直一個人住在他曾經與心愛家人同住的房子裡。

他並沒有告訴我回來的原因，可多虧了那些愛八卦的大人們，我聽到了事情的來龍去脈。

優海繼承了富有雙親的遺產和理賠金，收留他的親戚大概是看上優海的錢。親戚不但擅自花用優海的錢，還苛刻的對待優海，回到鳥浦的優海，比出事後更加削瘦憔悴。即使如此，優海從來沒有抱怨、表達不滿、說人壞話過。

那個親戚似乎至今仍是優海名義上的監護人。儘管是個大爛人，但對優海而言沒有其他能當監護人的人了，這也是無可奈何的事。

失去家人、被信任的人背叛，連最喜歡的棒球都保不住。他以棒球用具、到別的地方比賽都需要錢，所以沒辦法繼續下去為由，中學時加入了籃球社。

聽到他的決定時，我覺得他不得不放棄熱愛的棒球，實在太可憐了，感同身受地懊悔哭泣。可優海卻笑著安慰我，說籃球也是有趣的運動，沒事的。

就這樣，即便珍視的事物陸續被奪走，但優海從不絕望，像太陽一樣燦爛的活著。

進站後走下月台，搭上電車往目的地去的這段時間當中，我一直哭個不停。

一想到優海過去的人生，以及他接下來會發生什麼事，這麼殘酷的命運，我忍不住落淚。我知道這會打擾到周圍的人，所以我盡量壓低聲音，但眼淚卻怎樣都停不下來。

這麼善良的優海，為什麼要經歷這樣的事情？為什麼要奪走這麼多他的東西？

我越想越憎恨、厭惡神明。

不管在什麼情況下都相信神明的優海。至今從不忘記要祈禱的優海。

即使如此，為什麼神明還要從優海手裡奪走他的東西？為什麼不拯救優海？為什麼不讓優海幸福？

神明好殘忍。為什麼要背叛一直相信祢的優海呢？

一點都不合理的現實，讓我的淚水止不住地流。

就在我無視其他乘客好奇的視線，眼淚大顆大顆滑落的期間，優海一邊小聲地說「沒事、沒事」，一邊不停撫摸我的背脊。

我哭著哭著哭累了，當眼淚終於乾涸的時候，我一邊吸著鼻子一邊自言自語般的說。

「我最討厭神明了。」

優海什麼都沒說，緊緊摟住我的肩頭。感受到舒服的體溫，我閉上眼睛。但是，即使如此，我的怒火還是無法平息。

「什麼舉頭三尺有神明，絕對是謊話。如果真的有神，那為什麼壞人能活得好好的，善良的人卻死了？好沒道理。善有善報，惡有惡報什麼的，全是謊言。神根本早就棄人類不顧了，逃避工作，只是隨意分配幸福的事、不幸的事，是個卑鄙懶惰的傢伙。」

我生氣的一直說，但優海果然不同意我的說法。我沮喪地嘆了口氣，輕聲詢問。

「……吶，優海。你為什麼能相信神明呢？」

這個問題，在優海從背叛他的親戚家回鳥浦沒多久時，我問過他一次。雖然知道優海一定會回答同樣的話，還是再問了一次。或許是我想聽他理所當然的回答。

「因為信者得救啊。」

一如預期，優海這麼回答。

「有沒有神、正確與否，反正我在腦子想也想不通。信仰也不是件壞事，總之就寧可信其有。因為我是個懶惰鬼。」

他啊哈哈的笑了。

「那算什麼。寧可信其有什麼的。你總是這樣。」

我傻眼的聳聳肩。

「我之前也說過，這樣下去總有一天會被壞人欺騙喔。一定要記得防人之心不可無。」

非這麼做不可，我擔心得不得了。

不過，我也知道，優海一定沒辦法什麼都質疑的。即便知道，但我不能保持沉默，所以我執著的繼續說。

「你那麼善良，結果和你感情深厚的家人卻過世了。我的父親在我懂事之前也過世了，母親乾脆拋棄小孩和男人直接消失，我連她長什麼樣子都記不得。不都是些殘酷的事嗎？這樣的神明怎麼能信呢？」

聽了我的話，微微歪頭的優海開口。

「但是啊，妳看，凪沙。」

他笑著指向窗外。

鐵軌旁的建築和樹木如風飛掠而過，另一頭是閃閃發亮的海洋。被夏天的陽光照耀而波光粼粼的海面，把海面染成藍色的無際晴空，悠閒飛掠的海鳥，宛如從水平線升起、軟綿綿的積雨雲。

光是看著就能讓心靈平靜下來的，沉靜而美麗的景色。

「好美啊。夜晚的海洋、星星、月亮也好美喔。」

「嗯……。」

我不知道優海為什麼突然開始說這些，隨意的點了個頭。

「我每次見到海啊、藍天啊、彩虹啊，月亮啊、星空啊，都覺得哇——真的好美而感動不已。人類絕對無法做出這麼巨大、美麗的東西。所以，我覺得果然有神明，是神明創造了這一切。」

這麼純粹的話語，讓我一時語塞。因此，只能看著優海彷彿光線太強瞇起眼睛，充滿愛意眺望這個世界的側臉。

「所以，我相信。即便家人過世讓我相當難過，但我還是相信世界上有神明，我也相信爸爸所說的，信者得救。」

不管做什麼，我應該都不會有像優海這樣單純而美好的心靈。

我現在仍然無論如何都無法原諒神明。無論如何都無法原諒接連奪走優海所愛的神明。

我的心臟抽痛，為了消除這份疼痛，我緊緊握住他的手。

「因為，我能與凪沙相遇，一直在一起，而且還能交往。這一定都是我相信神明，所以神明才給了我凪沙當獎勵。」

啊啊，我不想再聽下去了。

儘管想堵住耳朵，不過我依舊繼續靜靜聽著他說話。

「我有凪沙就好，凪沙在我身邊就好，我只要凪沙陪在我身邊就好。」

聽到優海宛如從齒間擠出來的低語，我好不容易平靜下來的眼淚又一口氣湧了上來。

只要有我就好這樣的話，聽到雖然很開心，但也更難過。悲傷、難過、痛苦。

為什麼，為什麼？我在心中大喊。

無論命運多麼殘酷，優海從未憎恨神明。即使嚴重的災難落到他的頭上，他也絕不氣餒，對每個人都溫柔善良，比任何人都純粹，時時誠實正直，不說謊，絕不做會招致懲罰的事。

即使如此，為什麼？

為什麼神明這麼殘忍呢？明明優海已經失去了這麼多，為什麼還得失去更多呢？

明明女孩子多如繁星，為什麼優海會愛上我呢？為什麼優海選擇了我呢？沒有問題的答案，一直在我腦中盤桓。

到達目的地車站後，我們走向舉辦比賽的高中。

我和優海都沒有去過這所學校，但有絡繹不絕身穿籃球圖案衣服、帶著球鞋或球袋的學生，跟著他們就不難找到路了。

看到該高中的看板時，優海忽然像想起什麼似的開口問我。

「是說，我一直很好奇。」

「好奇什麼？」

「這個袋子裡裝了什麼呀？」

我看他指的東西，不由得僵住。他問的是我右手提的托特包。

我反射性地把手藏到身後，想躲過優海的視線，但仍然能輕易看見。

「啊，是便當嗎？」

被發現了，我有點窘。我用了一看就知道用途的便當袋裝，所以也沒辦法打哈哈帶過去。

「總覺得有點大。凪沙妳吃得了這麼多嗎？」

嗯……我模糊的點點頭，優海立刻露出驚訝的表情。移開目光看著我，一下子眼睛就閃閃發亮起來。

「欸……等一下，莫非是，我的!?」

啊啊真是的，只有這種時候神奇的敏銳。我嘆了口氣，放棄的點頭。

「嗯……因為你說要是贏了的話下午會有比賽，所以應該會需要吃午餐……。」

優海午餐總是吃超商便當或飯糰解決，不過比賽當天若還是這樣就有點可憐，所以我做了優海那份的便當帶來。

「但是，那個啊，優海也自己做了帶來，所以不需要了吧？這個我自己吃。」

我啊哈哈地笑著說，可優海卻大喊「不要！」。

「我要吃！因為，這是凪沙做的吧？」

「……為什麼你會知道？」

「看表情就知道呀！」

什麼啊，雖然腦子裡這麼想，但我沒有說出口。看到優海閃閃發亮的臉，就說不出潑冷水般的話。

「欸——等一下，我想看！讓我看讓我看！」

我默默遞出便當袋，優海滿臉期待地問「可以打開嗎？」，所以我點點頭。優海笑著歡呼，迅速打開餐袋。

然後在打開便當蓋子的瞬間大叫。

「超厲害——！是便當——！全部都是凪沙親手做的嗎!?」

是啦，我別過臉，點點頭。

之前做了玉子燒後，奶奶有教我做菜，我已經可以做很多不同的菜色了，這是第一個我從零開始全部自己做的便當。我太興奮，所以早上三點就起床了，因此睡眠不足。但是，不可思議的是我一點都不覺得睏。

「什麼——凪沙妳是什麼時候學會做菜的？我都不知道！」

「嗯，就覺得至少會做點菜比較好……都已經是高中生了嘛。」

「然後今天是做給我的便當？」

「這個，是這麼回事沒錯。」

「哇啊——我好開心!!」

看他手舞足蹈的樣子，如果能讓他這麼高興，我做便當就值得了。

「還有，總之還是告訴你，裡頭有另一個保鮮盒對不對？雖然很老套，但那是蜂蜜醃檸檬。」

在男朋友比賽的時候帶便當和蜂蜜檸檬來加油，真的有夠老套，但優海不是那種會嘲笑我、揶揄我的人。反而非常非常開心。

「哇——蜂蜜檸檬！第一次看到，好好吃的樣子喔！吶，我可以吃嗎？我可以吃嗎？」

我傻眼地聳聳肩。

「當然不可以。在路邊吃東西太難看了，到會場再吃吧。」

好——優海有點失望地點頭。

「是說，如果不需要就跟我說不需要就好了。你帶了這麼大一個便當，應該不需要我的便當了吧？」

我想他是因為不好意思拒絕，所以我主動發言，但優海用力地搖頭。

「怎麼會不要！反而凪沙做的便當才是重中之重！是說，我還想帶來的便當說不定會不夠，要半路去便利商店買點什麼的，是有餘裕吃完的唷。」

「真的假的？吃這麼多……。」

「我在成長期，又在運動啊！多少都吃得下。」

「如果是這樣就好。不要強迫自己吃太多，以免腸胃不適喔。」

優海笑著說「沒問題啦」後，看看自己手腕上的幸運繩，以及便當袋。

「吃了凪沙做的便當，戴上凪沙做的幸運繩，我已經可以成為超人了吧？三分球一顆接一顆進，說不定會拿冠軍啊——。」

雖然覺得這是異想天開，但我稱不上優秀的手藝和料理能讓他這麼高興，我單純覺得開心。

「真的很謝謝妳！我最喜歡凪沙了！」

優海抱著我，反覆地說「真的好喜歡，超級喜歡」。

「好好，我知道了。你看，我們到嘍。要遲到了，趕快去集合吧！」

「好，我過去了！」

「嗯，加油喔。」

「謝謝，我會加油。走嘍！」

我搖搖手說路上小心，優海以兩倍猛烈的力道揮手回應我。

我一邊看著奔跑遠去的優海背影，一邊誠心祈禱，希望是場好球。

那天，優海他們所屬的籃球社在第一場比賽中獲勝，第二場比賽卻因碰到有奪冠希望的高中而吞敗。

雖然他們的夏季大賽就此結束，但能和強隊打一場好球，隊內得分最高的優海也露出了盡興的笑容。得以完全燃燒自己的熱情。所以沒有遺憾，他說。

「之前」的比賽中，他無法上場的懊悔，讓他面部扭曲，擠出聲音、肩膀顫抖著哭泣，看著連我都疼痛起來，可如今的他，正一臉清爽的笑著。

難得妳來加油，結果我們輸球了，對不起。雖然優海這麼說，但光是他能夠笑著結束這個夏天，我就非常滿足了。因為我不希望他的暑假留有遺憾。

看到他今天的模樣，我就知道我沒有做錯。我確定我的行動都是為了優海。這麼一來，便達成了我一部分的目標。

太好了，我鬆了口氣。拍著胸，在優海看不見的地方稍稍掉了幾滴眼淚。

——我的夏天，也就此結束了。

第六章　雨之中

第二天，一大早就開始下好大的雨。

我一邊聽著雨打在窗戶上的聲音，一邊在昏暗的房間裡裹著毛巾被，看我用手機拍的照片。

拿著期末考答案卷比V的優海。把他做的便當和我做的便當放在一起，拚命塞飯，吃到臉頰都鼓起來的優海。比賽結束後，和夥伴們一起歡笑的優海。

他這一個月來改變了很多。考試及格，得以在比賽中發揮全力，能稍微做點料理。儘管社團活動很忙，但暑假作業還是有在持續進行，吃超商的次數減少，打掃和洗衣也做得比以前徹底。

雖然我說了很多嚴格的話，不過優海總是老實地傾聽，盡最大努力，完成我希望他做的一切。

了不起啊，優海，我在心裡這麼說。

可是，還不夠完美。還剩一件很重要的事沒完成。

我把手機放在枕頭邊，緩緩起身。

我輕輕握著掛在脖子上的櫻貝，站在窗邊向外看。

雨勢更劇，整座城市看起來宛如陷進一片灰色。海是混濁的顏色，地平線在雨中煙霧繚繞，一片朦朧，不知道天空和海的交界在哪裡。

儘管天空看起來陰沉沉，但說不定今天就是要這樣的天氣才適合。

我脫下項鍊，內心喊著「好！出發吧」鼓勵自己，離開了房間。

一出玄關大門，微溫的雨水就兜頭蓋臉、傾盆而下。細小的水滴，很快就打溼了頭髮、肌膚和衣服。

騎著自行車開始奔馳時，我全身被雨和風激烈吹拂，身體一下子冷了起來。

不過，無所謂。反而全身溼透比較好。這樣就不用去想一些不必要的事情了。

騎在沿海道路上，風雨更加劇烈。傾盆大雨讓我眼前一片白茫茫。雨水落在路面上飛濺，宛如海面。

我往左看，灰色的黯淡海面上，也落下滂沱大雨，洶湧的浪花和飛濺的水沫，讓海面泛著白色的泡沫。

頭髮、臉、脖子、手臂、腳，T恤、裙子、襪子、球鞋，全身上下都溼透了。可是，這樣很舒服。

溼漉漉的瀏海黏在額頭和太陽穴上，瀏海上落下的水珠在睫毛聚集，看不清前方。但我要去的是已經去過很多次的地方，熟悉到閉著眼睛都能到。

幸好今天下雨。如果是個大晴天，我的決心說不定會動搖。我要做的事，一點都不適合美麗晴朗的夏日。

所以，再下大一點、再下大一點，我一邊看著天空一邊祈禱。

我手腳顫抖，在冰冷的雨中疾行。

到了優海家，我站在玄關大門前，按下門鈴。

昨天有比賽，今天應該沒有社團練習。如我所料，優海很快就打開玄關的門，探了頭出來。

「欸——凪沙？」

見到我的瞬間，優海驚訝的睜大眼睛。

他會嚇一跳是正常的。我來他家，總是從迴廊進去，直接喊他。這是第一次刻意走玄關大門，而且還按了門鈴。

「咦……等一下，妳全身都溼透了啊！」

我去拿毛巾，優海轉身要走時，我攔住了他。

「……我有話要跟你說。」

我低語。

「話……？」

優海驚訝地皺眉，不過還是點點頭。

「我知道了，但是，我還是先去拿毛巾吧，妳會感冒的。」

「沒關係，你聽著。」

我用強硬的語氣說，優海似乎注意到我看起來和平常不一樣，微微倒吸一口氣。

「……怎麼了，凪沙？」

優海一邊用沙啞的聲音問，一邊想用自己的衣服擦拭我溼漉漉的臉。我一把揮開他的手，開口。

「那個……。」

我聽見自己的喉間發出吞口水的聲音。

我不管怎麼樣都沒辦法正視他的臉，低下頭。可是，這麼一來優海一定不會相信我。所以，我咬著牙，抬起頭。

我直視優海的眼睛。深呼吸一口氣後，開口。

「……優海，我們分手吧。」

優海臉上漸漸沒了表情。我們認識了十年以上，我還是第一次看見他這個樣子。

「……蛤？」

優海板著臉僵了十幾秒，然後用沙啞的聲音小聲地說。

「這，為什麼……？再一次——」

「分手吧。」

「……。」

「我們，分手吧，已經結束了。」

我對著目瞪口呆的優海揮揮手說「就這樣」，走出玄關。

「——等、等一下，凪沙！」

我的手臂一下子從後面被抓著。我不敢回頭，就這樣面朝前淡淡地說。

「我話說完了，要回家了。不要煩我。」

「蛤、蛤、蛤？那，為什麼？為什麼突然說這種話？」

抓住我手臂的手更用力。疼痛感讓我不由自主一下子把手抽回來，優海無力地放手說「對不起」。

我想趁這個機會離開，但下一秒他繞到我眼前，擋住我的去路。

「——凪沙!!」

這次優海抓住我雙肩，依賴的聲音喊我的名字。我什麼都沒有回應，就只是看著他。

赤著腳，連傘都沒撐就追出來的他，全身被雨打溼，頭髮、衣服都貼在皮膚上，就像個玩水的孩子。

我們就這樣兩個人都渾身溼透，沉默地看著彼此。雨沒有停歇，繼續下著，我覺得好像兩個人沉入海底似的。

「……我已經沒什麼好對你說的了。」

我用低沉、盡可能不帶感情的聲音淡淡地說。我的話讓優海臉色扭曲、咬著唇，然後用顫抖的聲音說。

「我不知道為什麼……為什麼突然發生這種事……如果妳不告訴我理由，我沒辦法接受。」

說得也是，我想。過去一點問題都沒有，相處得很好，突然說要分手，當然無法接受。

我不讓優海發現的深呼吸一口氣，直直看著他的眼睛，用一定聽得見的聲音明確的說。

「我討厭你了。」

我覺得我的話語彷彿變成一把堅硬的凶器，直直飛向他。然後好似像要證明這一點似的，他渾身如同被利箭刺穿般，一動也不動。

「我討厭優海，已經一點都不喜歡了，所以想要分手。就只是這樣。」

優海一句話都沒回，沒有任何動作，所以我想是不是這樣的話還不夠力，於是說得更甚。

「優海既笨又樂天過頭，我覺得很討厭。話說回來，你不覺得我們不合適嗎？性格、想法全部都背道而馳，當初交往就是個錯誤——。」

「別這麼說！」

優海悲痛的大喊，打斷我的話。我從沒有聽過他這種聲音，驚訝得張口，沉默不語。

「別這麼說啊……什麼錯誤，是謊話吧？因為、因為……我們過去一直都……。」

說到這裡，他雖然一時語塞，但我知道他想說什麼。

我們從沒有吵過架，感情好到朋友會因此揶揄我們。

再加上，我們對彼此來說都是特別的。無論是誰，都認為對方是特別的那個人。因為我們都是在彼此最困難、最痛苦的時候，最接近對方的人。

所以我和優海有特別的羈絆，所以優海想說我們不可能分開。

但是。

「……死纏爛打欸。煩死了。我說了要分手，一切就都結束了。你想什麼跟我一點關係都沒有。走了。」

我盡可能用低沉森冷的聲音說。邁開腳步。

「凪沙……!!」

他抓住我肩膀的手用力。我皺起眉頭，嚴厲地說「不要碰我！」。

「放手。被已經不喜歡的男人碰觸，真的很噁心。」

優海呆住，慢慢放下了手。就這樣像電池沒電了似的停止動作。

然後，他用幾乎要消失的聲音小聲地說「櫻貝」。這句話讓我的心像被揪緊了似的疼痛。

「那櫻貝的約定呢……？」

他用幾乎要哭出來的眼眸搖搖晃晃地看著我。我的心跳快到幾乎嘔吐，可仍然把猶豫和痛苦吞下去。

「那是什麼，我不知道。」

聽見我乾脆的回答，優海慢慢低下頭去。就這樣一動也不動了。但是，我知道他應該不想再多說什麼，就轉身離開。

騎上腳踏車時，我被雨拍打的臉頰上，有溫熱的水順著面頰流下。

太危險了，是什麼時候開始的呢？

幸好今天下雨，我再次深刻感受到這一點。

如果今天沒有下雨的話，如果不是雨水從我臉頰上滾落的話，我一定沒辦法欺騙自己。

接下來的日子，我彷彿變成泡沫、在海中漂浮似的，一點真實感都沒有。

在房間裡發呆，時間慢得讓我難以忍受，但回過神來時一天又結束了。就像是失去了時間感。

奶奶雖然覺得我的樣子不對勁，但什麼都沒有說。這樣的貼心讓我覺得溫暖、高興、愧疚。

我就這樣過日子。大概一個禮拜左右。那天下午，真梨來訪。

「突然過來真是抱歉，因為突然聯絡不上妳，我很擔心……。」

她走進我房間同時道歉，她的話這才讓我意識到，和優海分手後，我完全沒有看手機。

「啊，我忘了……抱歉，讓妳擔心了。」

我一邊讓真梨落座、準備茶水，一邊這麼回答。她皺起了眉頭。

「凪沙，妳有點怪怪的。」

「是嗎？沒什麼特別的啊。」

我燦爛笑開，搖頭說「沒事啦、沒事啦」。

「但是，以前凪沙從來都不會晚回訊息的……。」

「……那個。」

雖然想著要回答點什麼，但沒辦法好好說出來。我低著頭，知道真梨一直盯著我看。

「今天我去社團活動，偶然遇見黑田同學和林同學在聊天……。」

優海的兩位好朋友。我不由得抬眼。

「他們說，三島同學的樣子有點奇怪……看起來雖然一如往常，但只是表面上的。凪沙也怪怪的……你們是不是吵架了？」

我應該打哈哈帶過去的，但好像有什麼卡在喉嚨裡那樣，說不出話來。

「啊，抱歉，我問太多了。妳不想說也沒關係，怎麼說，我只是擔心妳……。」
我知道她是真心擔心我，我心中隱隱作痛。眼底熱熱的，淚水慢慢浮現。
大概是發現到這一點，真梨睜大眼睛。
「不是吵架……。」
我只回答了這句，她探身靠了過來。緊緊握住我擺在膝蓋上的手。
「凪沙……不會是……？」
要是說了，會讓她擔心。雖然清楚，但不知道為什麼，我點了點頭。
「嗯……分手了。」
我聽到真梨倒抽一口氣。
「欸，為什麼……？你們感情這麼好，為什麼突然……？」
我擦了擦溼潤的眼角，露出笑容。
「哎呀，怎麼說啊，個性不合？妳看，優海和我完全相反不是嗎。到現在才發現不合適，所以就分手了，我提的。」
發現得有夠晚啊，即使我大聲笑著說，真梨臉上卻完全沒有笑容。她皺著眉，靜靜地看著我。
「優海和更坦率可愛的女孩子交往比較適合啦，絕對是。那傢伙莫名受歡迎，一定很快就能找到下一個女朋友的。」
自己說的話，自己點點頭。

是的，應該有比我更適合優海的女孩。一定有比起我來更能讓他幸福的女孩。

雖然我深知這這一點，可自己說的話仍舊讓自己心疼。我無視這份疼痛，笑著繼續說。

「例如隔壁班的那個女生就很好啊。人可愛、個性又好，好像也有點喜歡優海，非常適合。他們要是交往就好了。啊，真梨，如果妳有認識其他好女孩的話，要介紹給他喔，好嗎？」

我哈哈哈地乾笑，聲音在房間裡迴盪。

「……妳不是真心的吧。」

真梨平靜的眼神直視著我。總是溫暖待人的她，是第一次露出這種表情。面對這雙眼睛我無法說謊，更加難以回答。

「不……該怎麼說……。」

思來想去，最後找到一個最接近正確答案的話，小小聲地說。

「或許不是真心，但我是認真的。」

連我都覺得這話很適合，這是現在最符合我心情的話。

「我是認真想和優海分手……所以，就分手了。」

我這麼回答，真梨稍微沉默了一下，然後無力地垂下肩膀。

「怎麼說，雖然我完全無法理解……但這也不是我能理解的事。」

真梨哀傷的露出微笑，小心地將自己的意見說出來。

「如果凪沙認真這麼想、覺得這樣比較好的話，其他人也不能說什麼。所以，抱歉。我不會再說什麼了。」

「……謝謝。」

「但是，三島同學完全接受嗎？」

我既不能答是，也不能答不是。

「……他不接受我會很困擾的。」

只能這樣咕噥。

她雖然難以置信地皺起眉頭，但如她方才所說，沒有繼續追問下去。

「這樣啊……算了，有很多原因吧。這麼難過的話，謝謝妳說出來。」

「我才是……謝謝妳聽我說。」

「這種話有多少我都聽喔——。」

她呵呵地笑了。

「總會有自己承受不住、想要找人說說話的時候啊。痛苦到想找個人聊聊的話，隨時找我喔。」

她微笑著溫柔輕撫我的肩膀，不知不覺，我的淚水便盈滿了眼眶。

多好的人啊。能跟這樣的好人同班，並且成為朋友，我的高中生活運氣真的很好。

「……嗯，謝謝。」

儘管聲音有點哽咽，可聰明又溫柔的她裝作沒聽到。我拚命拉高聲音說：

「……謝謝妳，真梨。能認識真梨真的很幸運。我最喜歡妳了。」

我擠出這些話，把過去所有的感謝放進話語裡。

真梨有點害羞地笑著說「什麼啦」後，點點頭說「謝謝，我也很喜歡妳喔」。

那天晚上，我做了一個夢。

我一個人走在學校走廊上。眼前是和一個陌生女孩手牽手的優海。我看著他們兩人的背影，與他們保持幾步之遙的距離。

但是，我們的距離漸漸拉開，不知不覺間，我用跑的追上去，最後連背影都看不見了。是這樣的夢。醒過來時，我稍稍哭了一下。

不是悲傷、寂寞、後悔，只是恨自己薄弱的決心、強烈的執著與貪婪到絕望的眼淚。

透過窗簾縫隙向外看去，天還沒亮。我已經完全沒了睡意，但窩在棉被裡閉上眼睛，不知不覺就打起瞌睡來。

然後，我又做了一個夢。

我走在夜晚的海岸上。一輪白色的滿月掛在藍色的天空中，月亮倒映在漆黑的大海中。沙灘在月光照耀下閃閃發亮。

我一邊看海一邊走，突然，右手一陣溫暖。一看，不知道什麼時候優海來到我身邊。優海的手好溫暖喔，我說，他笑著說，這是為了凪沙而暖的。

這時我醒了過來。

外面天已經大亮，但我依然抱著枕頭，暫時一動不動。

那是我們讀中學時，和優海再次見面後第一次牽手時的事。雖然小時候我們常一起手牽手走路，可升上小學後就幾乎沒有牽過了。

然後，意外發生後搬家的優海回到鳥浦，我們開始交往一段時間後，久違幾年的牽手。

時值深秋，在冬季早臨的海邊城市，已經吹起冷到刺骨的風了。

我們才剛開始交往，兩個人在海邊散步時，優海忽然拉近了我們的距離，問我「能和妳牽手嗎？」。

我心狂跳到以為自己的胸口要爆炸，但我記得自己依舊用平靜的表情，淡淡地回答說「可以」。被鄭重其事地問這種問題，實在很害羞。

優海揉揉因天氣寒冷而變紅的鼻子笑著說「太好啦」，輕輕地握住我的右手。那個瞬間，我因為天寒地凍而冰冷的指尖，被太陽般溫暖的手包圍。

「優海的手好暖。」

「是為了妳而暖的。」

優海似乎是用放在口袋裡的暖暖包溫暖他的手。

從這之後，這三年來，冬天牽手時，優海一定會溫暖自己的手後再碰我。我問過他這會不會很麻煩，他笑著說要是冷冷的，妳會嚇到吧？

「……嗚。」

一回想到這裡，我便淚如雨下。

如陽光般和煦的優海。我只感受到他的善良。和他相遇之後，他總是對我非常溫柔。

和他在一起時，從來沒有辛酸、悲傷、吵架、發脾氣等糟心事，他也絕不會讓我哭泣、讓我寂寞。

優海總是用柔和、明亮的光，包圍著彆扭又害羞、老是不肯坦率待人、常用涼薄的態度說些冷言冷語的我。

「……為什麼不能在一起……？」

明明那麼喜歡，為什麼非得分離呢？為什麼不能在一起呢？

「我還是超級討厭神明……。」

我就這樣仰躺著，雙手遮住臉，淚水如不停歇的雨般，止不住地流淌。

第七章　月之砂

第二天。

今天也是一早就關在房間裡發呆的我，過了中午，突然覺得口渴，就走出屋子去廚房。

在我站在餐具櫃前想拿杯子的時候，裡頭傳來動靜，我一看，是奶奶拿著購物袋走在走廊上。

「奶奶，妳要去哪裡？」

我開口詢問，奶奶回我「去買東西」。

「欸？我去吧。」

雙腿、腰部都不好的奶奶，光是走個幾步膝蓋都會痛得不得了。在家裡的話還能時不時休息一下再走，但若要去徒步要花十幾分鐘的超市就很辛苦了。所以購物通常都是由我去。

「要買什麼呢？」

我這麼一問，奶奶卻顯得有些猶豫。從她的表情，我看出她是擔心我最近心情低落，所以體貼我。

說起來，和優海分手後我常常發呆，這禮拜一次都沒去買東西。想到奶奶一定是忍著腳和腰部的不適出門的，我覺得抱歉，心裡一陣疼。

「抱歉，奶奶。我最近有點煩惱，所以都窩在房間裡，不過已經都解決了。所以今天我去吧，奶奶妳休息。」

我這麼說，搶著從奶奶手裡拿過購物袋。奶奶瞇著眼說「這樣啊，謝謝。」

「要買些什麼呢？」

「差不多要開始做燈籠了，所以我想買些材料。」

「啊啊……對耶，祭典馬上要到了。」

我裝作沒注意到插在心上的小小荊棘，聽著奶奶的話點點頭。

下週末要舉辦龍神祭。我以為還很遙遠，可時間真是一轉眼就過去了。

燈籠會在祭典尾聲放入篝火中燒掉，因此每年都要做新的。差不多是該為此先做準備的時候了。

「那，要去居家用品店吧？」

鳥浦沒有買得到要做燈籠的木片以及和室棉紙的店。以前雖然能在五金行或文具店購買，不過店在我很小的時候就倒了。所以現在非得搭電車去隔壁市鎮的大型居家用品店買。

「很辛苦啊，可以拜託妳嗎？妳應該還有作業吧？」

「可以啦、可以啦。我正好換個心情。那我出門嘍。」

我朝奶奶揮揮手，拿著包包走下玄關。

打開門的瞬間，我就被一股濃重潮溼的熱氣包圍。很久沒有出門，所以我的身體被盛夏的暑氣嚇了一跳。

我跨上自行車，把購物袋放到車籃裡開始騎。

除了太陽光強烈氣溫很高，還幾乎沒有風，熱得宛如在蒸汽浴室裡。幸好沒有讓奶奶去，我想。

出了沿海國道，沒有任何遮陽的東西。頭上傾瀉而下的強光刺激著全身肌膚，被火燒灼般的疼痛。滲出的汗水不住地從太陽穴流下來，流到下顎，最後一滴一滴落到胸口。

為了忘記炎熱，我專心踩踏板。左側的海洋，無數的波浪一道一道反射光芒，閃閃發亮，刺眼到無法直視。

春天倒映著朦朧天空的模糊海洋，秋天倒映著萬里無雲的海洋，冬天波濤洶湧的海洋。不管哪一個都很美，但我還是最喜歡夏天的海洋。

一整片的藍色海洋，沒有盡頭的廣闊天空，清晰的地平線，耀眼至極的陽光，毫不留情傾瀉而下的光亮。一片純淨的澄澈景色。我最喜歡一邊看著這樣的夏日景色，一邊和優海騎自行車。

可是，他現在已經不在我身邊了。

優海總是陪在我身邊，所以為了不撞到他，我養成了靠左邊騎的習慣。我不知道該拿空蕩蕩的右側怎麼辦。

這是我人生至今最大的挫折。

比媽媽丟下我消失時、比優海的家人過世時還要大，彷彿我獨自一人一動不動站在廣闊的荒野正中央似的，壓倒性的失落感和無力感。

不過，這是我的選擇。雖說是為了優海，但我的選擇，應該害他有同樣的感覺吧？我沒有悲傷、寂寞的資格。只能忍耐。

騎了一會，我按下煞車。平常騎這條路，我什麼都不想拚命騎，可今天我想好好看看生養我長大這地方的海洋，所以下了腳踏車。站在防波堤前低頭看著海岸。

正下方一片東倒西歪的黑色岩石，拍打上來的海浪濺起波光。再往前有被太陽光照得閃閃發亮的海灘。這是我與優海有回憶的沙灘。

看著它，我心煩意亂胸口發癢，於是別開目光。

凝視著一望無際的藍色大海。明明是這十幾年我每天都看的海，卻奇妙的一點都看不膩。這片海裡，住著龍神大人吧。雖然我一丁半點都不信，不過看見眼前大到令人敬畏的遼闊海面，我明白過去的人為何認為海裡有神。

我呆呆地看了會海，再度騎上自行車往車站方向去。

我搭電車在隔壁城鎮的車站下車，走去居家用品店買好東西。

從店裡出來往車站走的時候，我忽然覺得一陣疲憊。我最近沒有吃什麼東西，還經常睡眠不足，而且天這麼熱，當然會不舒服。

我覺得我該休息一下比較好，所以停下腳步。走進附近的小巷裡，陰涼處有個臺階，所以我就坐在那裡。

我心不在焉的看著往來行人，腦中想起的還是優海的臉。

我們來過這個城鎮許多次，看過電影、吃過漢堡、逛過街。不是什麼特別的記憶，我都忘了，但現在卻覺得開心而滿足，懷念到心痛。

為什麼那時候的我沒有意識到，和優海在一起是這麼幸福的事呢？

要是知道我們會分手，我就會跟他多出去幾次、一起去吃更多東西、不害羞的買一模一樣的東西。

要是知道我們不會永遠在一起，我就會把和優海共度的時光牢牢烙印在我的記憶裡。

想著想著便覺得痛苦，我抱著膝蓋把臉埋了進去。低著頭忍耐起伏劇烈的感覺平靜下來。

過了一會，大概是累了，我打起了瞌睡。

然後當我回過神時，大量的水湧了過來。我來不及逃，身體就被大水吞沒，無法自由活動，無法呼吸。想動卻不能動，想要空氣卻無法呼吸。

好痛苦好痛苦，好可怕好可怕，我快瘋了。

下一秒，我全身發抖宛如痙攣，一下子醒了過來。過了一陣子才意識到，是夢。

我全身是汗，指尖還因為恐懼在發抖。粗重的呼吸在我耳中迴盪，聽不見任何周圍的聲音。

心臟像要裂開似的激烈跳動，胸口痛到我覺得是不是要崩潰。

我蹲下來，全身發抖。沒辦法控制自己的情緒，感覺會發生什麼。夢中痛苦、疼痛、可怕的感覺消抹不去。難以呼吸。有人嗎，我在心中大喊。就在這個時候。

「凪沙？」

有個聲音傳來。

在幽暗的深海裡，一道溫柔的光亮突然從天而降。我被這樣的幻覺包圍。緩緩抬起頭。雖然沒確認，但我清楚知道這是誰的聲音。

「……優。」

我用沙啞的聲音喊他，優海微笑著嗯了一聲。

一見到這個笑容，我的呼吸就順暢起來。肩膀的重量一下子變輕，如影隨形的恐懼感也瞬間消失，被安全感包圍。

儘管想問你怎麼會在這裡，可卻沒辦法好好發出聲音。

「妳沒事吧？身體不舒服？」

「……沒事，只是休息一下。」

連自己都覺得彆腳的理由。一如所料，優海半個字都不信。明明平常什麼都不疑有他、什麼都無條件相信的，結果老是在這種時候會起疑。

我連這種抱怨都沒辦法好好說出口，優海的手輕輕摸了下我的額頭。

好暖和的手。曾以為會一直都是我的、未來也一直屬於我的手。我用力甩開了他。

優海雖然僵了一下，不過馬上又像彷彿什麼事情都沒發生的開口。

「好像沒有發燒，太好了。我以為妳中暑昏倒了。」

「……我沒這麼脆弱。」

「但是，妳沒好好睡吧？看妳這臉色。」

「……呼。這怎麼回事。你為什麼知道啊。」

我不由得笑了，但優海一臉認真。

「因為凪沙嚴重睡眠不足的時候，眼周會泛紅。所以一看就知道了。」

青梅竹馬就是這樣討厭。很難瞞過知道我一切弱點的優海。

優海靜靜的在我身旁坐下。

「我練習完了要回家。碰巧經過這裡，剛好看見凪沙，嚇了我一跳。」

他一邊說，一邊從包包裡拿出運動外套披在我肩上。然後用礦泉水沾溼毛巾，擦我的額頭和臉頰。冰冰涼涼的很舒服。

我舒服的閉上眼睛，想大喊你人為什麼這麼好？在我做了這麼多過分的事情之後，為什麼還能對我這麼溫柔呢？

你為什麼這麼傻？為什麼不生氣、不恨我？坦率要有個限度，善良也要有個限度。

即使被奪走重要的事物，依然相信神明的優海。

即使突然被我單方面告知分手，依然對我溫柔以待的優海

為什麼這個人會這麼美好？

如此純粹的心，在這麼殘酷的世界裡，真的能夠生存下去嗎？不會有朝一日遇到殘酷可怕的事，受了再也無法振作的傷，變得支離破碎嗎？

不過，那時優海也一定會像現在這樣，露出澄澈的笑容吧？即使如此，我還是不想讓他再有這樣的想法或做出這樣的表情。因此，為了不讓優海更難過，我決定被他討厭、離他而去。

輕易踢開我拚死拚活的努力，優海彷彿什麼都沒有發生過似的追著我。

笨蛋優海。不知道總有一天會遇到殘酷的事。接近我這種人的話，一定會非常非常痛苦。

「……凪沙？」

被他看著，我覺得眼淚幾乎要奪眶而出了。我用雙手擦擦臉，揮手說「我沒事了」，緩緩

站了起來。

「就說我完全沒問題，只是休息一下而已。」

「騙人。妳看起來很不舒服。」

「是你的錯覺。是說，不要管我好不好？我們已經只是普通的同班同學了，別靠我這麼近。」

我明明刻意選了傷人的話說，但優海的表情完全沒變。

「就算只是普通同學，如果身體不適，我也不會坐視不管。」

是的，優海就是這樣的人。

「……煩死了，真是。」

我緊緊皺著眉，嘆了一口大氣後，聳聳肩。

「我得走了。我沒空。沒有跟你說話的時間。」

說完我站起來想走，但可能是因為睡眠不足的關係，我腳下一陣踉蹌。

「啊——真是的，妳看。」

雙肩被後方的人抓住，把我撐起來。

「就說了我沒事！」

「嗯嗯，我知道。」

「這說話方式怎麼回事，聽起來真不愉快。」

「抱歉抱歉。」

「……。」

不管我說什麼，似乎都是徒勞無功，我揍了優海胸口一拳，表達我的憤怒。

「不會痛，和平常完全不同，妳果然不舒服。凪沙妳真的有夠倔強。」

「……。」

優海瞟了眼我的購物袋。

「看起來妳已經買完東西了。現在要回去了嗎？」

「……。」

「我也要去車站，我們一起吧。能走路嗎？」

優海用不容拒絕的態勢結束談話，他右手拿著我的東西，左手抓著我的手腕，緩緩邁開步伐。

不牽手是對我的體貼吧？儘管內心明白，但我好討厭為此感到有些寂寞的自己。

我低著頭，被優海牽著走。為什麼最後會聽這傢伙的話呢？真是不可思議，不過也無可奈何。從小到大，優海就有看似坦率，其實很頑固的一面，平常絕對不會反對我說的話，可有時不管我說什麼，他都一概不聽。

現在正是如此。就過去的經驗來看，若變成眼下這種狀況，那即便我說破嘴也沒用。除非照優海所說的去做，不然他絕不讓步。看來也只能聽話了。

我嘆了口氣說「謝謝你，我自己能走」，輕輕收回被優海握著的手。回頭的他眨了眨眼後，什麼都沒說，淺淺笑了一下，又轉回前方。

走到大馬路上，開始往車站走去。一直空著的右側有優海在，感覺有點奇怪。

行道樹上蟬鳴聲傾瀉而下。音量大到腦子裡都在響，但慶幸的是有樹蔭，滿涼爽的。

但是，一離開行道樹，刺眼的陽光和從柏油路上蒸騰而出的熱氣便讓體感溫度瞬間往上，一下子就冒了不少汗。

我用手帕擦去太陽穴上流下的汗水。然後眼前突然一片黑。

「凪沙，天氣很熱，披著這個吧。啊，我沒有用過，妳可以放心使用喔——」

我拿下遮住我視線的白色物品一看，是優海把社團活動用的T恤罩在我頭上。

應該已經洗過了，但有優海的味道，我被連自己都嚇到的安全感包圍。接著討厭起這樣的自己，反覆自我厭惡。

「……謝謝。」

看起來就算我說我不需要，他大概也不會聽，所以我就乖乖的接受了。光是兜頭罩住，遮擋太陽，就會舒服得多。

我從T恤的縫隙間抬頭看了眼優海，想著他有這麼高大嗎？總覺得他升上高中後身高一直在長。說起來，這件T恤和我的相比尺寸也大得多。

視線往下，看見優海的手臂。雖然還是很瘦，但從中學時代開始就長了不少肌肉，只要一動作，肌肉線條就會顯現。像是成人男性的手臂。

這麼一來，優海會慢慢改變吧。我在他身邊一直看下去，理所當然地這麼想。

再次邁開腳步，由於頭上罩著T恤，因此視野變得非常狹窄。看不見前方，會比較晚注意到有障礙物，所以我有點不安。

即使如此，總之我還是看著腳下繼續走，走在我前方幾步之遙的優海轉過頭。

「啊，妳看不見前面嗎？很難走對不對？」

「無所謂……看得見下面，所以沒關係。」

「不過要是撞到電線桿什麼的就危險了啊。」

優海回到我身邊，態度自然地牽住我的手。

「還是牽著手吧。太危險了。」

我沒有任何回話的空檔，只能順著優海就這樣手牽著手往前走。

不，不對。其實要揮開他的手很簡單，是我做不到。

優海的手掌，觸感柔軟又溫暖。就像是在碰觸自己身體一部分那樣的契合，無法想像這是他人的身體。我覺得牽著手的感覺是最自然的，已經無法放手了。

到了車站，說我稍微休息一下比較好，就讓我在剪票口附近的長椅上坐著。優海買了兩人份的車票回來。

「能走嗎？」

「嗯。」

我們再次手牽著手，穿過剪票口。

若是其他人看來，我們看起來應該像是約會的情侶吧。應該不會有人想到我們前陣子剛剛分手才對。

我在心中對其他人咕噥，只有現在，因為我身體不舒服，所以這也是沒辦法的事。回到家以後，得再次回到青梅竹馬的關係。

腦子裡雖然這麼想，但我的右手自己握住了優海的左手。他什麼都沒有說，輕輕地回握。

月台上有三三兩兩等車的人。時間剛好，是普通列車進站。烏浦只有每站都停的電車會停車，所以要是運氣不好的話，等上幾十分鐘都是有可能的。

我們搭上電車，大概是因為差不多是下班高峰時間了，車裡乘客很多。在零星幾個空座位當中，能兩個人一起坐的，只有裡面博愛座的旁邊而已。

我們兩人並排坐下，肩靠著肩、手肘貼著手肘。光是這樣就覺得非常平靜。我們從小到大都是這樣貼著並肩而坐。要是身體沒有哪裡貼在一起的話，就沒辦法冷靜下來的黏人。經常被其他人說，我們就像是雙胞胎姊弟似的。

但是，這一切也結束了。這真的是最後一次了，所以，神啊，現在請讓我這麼做。

我假裝想睡的樣子，把頭靠在優海肩上。

當我閉了一會眼睛，優海突然動了動身體，小聲地說「凪沙，抱歉」。

我抬起頭，看見附近站著個彎著腰的老太太。看看四周，所有的位置都坐滿了。原來是這麼回事，我立刻知道是什麼狀況。

我看向旁邊的博愛座，一個大學生模樣的女孩盯著手機畫面滑手機，還有掛著耳機聽音樂的上班族坐在博愛座上。看起來都沒有讓座的意思。

我重新看向優海，他已經從座位上站了起來，對老太太說「請坐」。老太太不好意思的說

「我馬上就下車了」，可優海莫名地不退讓，笑著回答「不不，我比較早下車！」。

「奶奶您請坐。」

「哎呀這樣，真是不好意思，謝謝你。」

老太太點點頭，在我旁邊落座。

優海總是這樣。在公車或電車上，比任何人都早注意到年長者或身體不適的人，並且迅速讓座。對他來說這是理所當然的事，所以很自然的站起來，被讓座的人也無法拒絕。

之前我和他兩個人搭電車出門的時候，發現一個貼著好孕徽章的孕婦，他把位置讓了出來。我就算注意到也沒有這個勇氣開口，所以在這一點上，我真的很敬佩他。

「啊，看見海了。」

站在我面前，一邊拉著吊環一邊看向窗外的優海，高興的開口。我也轉頭往後看。從櫛比鱗次的建築物之間，可以時不時看見海洋。今天的海是異常清澈的藍，閃閃發亮。

「好棒——好漂亮喔——。」

「你怎麼這麼興奮？不是每天都在看海嗎？」

我覺得有趣的笑出聲，優海也笑著說「確實是」。

「但是，和在鳥浦一邊騎自行車一邊看的海感覺不一樣，很新鮮啊——。」

「啊，的確是呢。」

明明海應該是到哪裡都是相連的，但不可思議的是，在不同的地方看，看見的會完全不同。看鳥浦的海，總覺得我回到家了、這是我們的海。

我心不在焉看著窗外，突然注意到窗戶上優海的倒影，他在動來動去。仔細一看，他緊緊皺著眉頭，扭動脖子。對面坐著帶寶寶的媽媽，他好像是在做鬼臉給寶寶看。寶寶被媽媽抱著，一直面無表情地盯著優海看。優海拚命做出各種滑稽的表情，似乎想讓寶寶笑出來。

媽媽大概是裝作沒看見，臉微微側向一邊，但嘴角忍著笑意似的扭曲。

還是沒變啊，我一邊想，一邊拿出手機，拍下他拉著耳朵、模仿猴子的側臉。

優海很喜歡小孩。他十分照顧廣海，現在也常陪附近鄰居的孩子們玩傳接球或鬼抓人。出門若是見到小小孩，他一定會安撫孩子、逗孩子笑。

我的父親在我還很小的時候就因病去世，我對他沒有任何記憶。但我父親若是優海或是優海爸爸這樣的人，我想我應該會很開心、很喜歡他吧。

「……優海以後應該會是個好爸爸。」

我小聲地說時，他就著嘴巴左右拉開、眼睛睜大的鬼臉看著我。我不由得噗哧一笑，戳戳他說「不要用這個表情看我，笨蛋」。

「凪沙以後也應該是個好媽媽。」

意料之外的回應，我不由自主的停下動作。

「……我覺得不會就是了。」

「我覺得會喔。妳會成為一個該罵就罵、不過該溫柔時會非常溫柔的媽媽。」

我只嗯了一聲當作回答。

一片沉默。電車哐噹哐噹的聲音聽起來很舒服。

快到鳥浦站了。海面反射著陽光，波光粼粼、靜靜搖蕩。

雖然是熟悉的景色，但就如優海所說，光是並肩從電車裡看到總是和他騎腳踏車看見的景色，感覺就不一樣，很是新鮮。

我還想要坐一會，但到站的廣播聲音響起。

「凪沙，到嘍。」

「……嗯。」

我輕輕點頭站了起來，兩個人並肩下了車，走向剪票口。鳥浦站沒什麼乘客，總是冷冷清清的。

電車裡有冷氣所以很涼爽，但一走出去，迎面而來的就是強烈的陽光和宛如大合唱的蟬鳴聲。

穿過剪票口出站後，我朝優海伸出了手。

「謝謝你幫我拿東西。」

「沒關係，我幫妳拿到妳家。」

我對著重新抱起東西的他搖搖頭。

「給我吧。」

「……好。」

我接過他不情不願遞給我的購物袋，掛在肩上。

我出了那個空蕩蕩的小圓環後往左轉，默默地往前走。雖然聽見優海跟著我的腳步聲，但我沒有回頭。

一邊看海一邊走了一段路，來到一個分岔路口。直走會到優海家，往左轉會到我家。

我只稍稍轉頭，露出側臉，對優海說。

「剩下就沒什麼問題了，在這裡道別吧。謝謝你陪我，真是幫了大忙。」

「我送妳回家。」

「不用。我真的已經沒事了，臉色也不錯啊？是說，我不想讓大家看到我跟你在一起，就到這裡吧。」

他特意陪伴我，還對我處處體貼照顧，但我卻用這種好像他很煩的冷淡方式說話，我真是個討厭鬼。

所以，優海。我在心裡說，你應該已經開始討厭我了。你還要對我這種人好嗎？不管我也沒關係的。

「……好。」

優海緩緩點頭。

「謝謝。那，再見。」

我轉過身，往家的方向邁開步伐。

我喝斥幾乎要輸給誘惑、渴望優海眼光的自己，只看著落在柏油路上的影子大步前行。

已經不會回頭了。不會再回頭了。一切已成定局。我不該再貪戀更多優海的溫柔。不能重蹈覆轍。

我在心中宛如咒語般反覆地說，就在這個時候。

「凪沙!!」

一道響徹住宅區正中央的聲音響起。我嚇了一跳，停下腳步。

「凪沙，等等!!」

聲音太大，有位老爺爺從附近屋子的窗戶裡探出頭。

「對、對不起！沒事，抱歉吵到您了。」

我連連道歉後，轉頭看向優海。

「吵死了你這笨蛋！這樣會打擾到附近住戶啊!!」

「啊，對不起。」

優海對老爺爺鞠躬道歉。老爺爺笑著說「真年輕啊」，關上窗戶。

「……。」

「……。」

就剩我們兩個，尷尬地陷入沉默。我本想就這樣走人的，在心中暗罵優海這白痴。

「……那個，凪沙。」

他再喊了我一次，我冷淡的回答。

「……怎樣？」

「我還是，不想就這樣下去。」

「蛤？」

「我不想分手。」

那堅定的語氣，讓我的心開始狂跳。都已經走到這一步，還是自動高興起來的這顆心。真是拿它沒辦法。

「我之前也說過，只能是凪沙。因為我喜歡凪沙。」

直接了當的話語接二連三地飛過來，扎進我的心口。我低著頭，咬緊唇瓣。

「我無法想像沒有凪沙的人生。」

所以，不行。正因如此，我才決定離開優海。

「……不是你我也可以。沒有你我也能活下去。沒有優海的人生也可以。」

我低著頭回答。

優海沉默以對。但是，我感受到他的目光。直視著我。

在他的目光面前，我嘴裡說出來的每一個字都失去意義，覺得在感情翻湧的心中，我真正的感受被看穿了。

「……我會等妳。」

我不懂這突如其來的一句話是什麼意思，稍微抬起頭，然後優海溫柔地笑著說。

「明天晚上，我會在櫻貝的沙灘上，等妳。」

啊，我的唇間嘆了口氣。

「今天好好睡一覺，明天也好好休息，然後吃完晚飯，就到那個沙灘來吧。我等妳。」

「你在說什麼……我才不會去。我沒有和你重新交往的打算——。」
「我會一直等到妳來。」
他打斷我的話似的說，我一時語塞。
「在妳來之前我是不會回去的。絕對不會。」
我慢慢捂住臉，呻吟似地低語。
「太狡猾了……這，太狡猾了。」
因為他這麼說。
「嗯。」
優海像說我知道似的，燦爛一笑。
我一整天都在想絕對不去，絕對不去。
該去嗎？不能去啊。因為這是我自己的決定。
我躺在自己房間的榻榻米上，一邊看著天花板上的汙漬，一邊一直想著優海。
為了優海，我非走不可。是為了優海，我才跟他分手。
雖然這麼想，但我回過神時，發現自己正把櫻貝項鍊抱在胸口。
看看時鐘，已經是晚上九點左右了，窗外的天色漆黑一片。
這個海風不斷的海邊小城，即便是夏天，到了晚上也會覺得冷。
優海已經去沙灘了吧？有沒有好好穿著外套呢，會冷嗎。不，已經是夏天了，一定沒問題的。但是，靠近海邊風很大。不，只是風很強是死不了人的。

我覺得我的心在動搖。不知不覺間，我已經在找去優海等待地方的理由了，然後又急忙打消念頭，就這樣反反覆覆。

我臉朝下躺著，把臉埋進雙臂間。

不去，絕對不去。

就在我這麼說給自己聽的時候，眼前浮現一個場景。

寒冷的月光照亮了無人的海岸。在海岸一隅，優海一個人抱膝而坐。在寬廣無垠的沙灘上，只有一個人。孤孤單單蹲著的背影。

我的心一陣刺痛。我明明立過誓，絕不讓失去家人的優海感到孤單，可到最後，我還是要留下他孤身一人。

想到這裡的瞬間，我不行了。

我霍地一下站起來，看著牆壁上的掛曆。那個用鮮紅色的筆標示的「命運之日」。

我已經決定在那之前要完成的事。決定不管發生什麼事都會這麼做。然後，為了實現這個目標，所以做到這個地步。

然而，優海現在正一個人在等我。

我是為了什麼下定決心和他分手的呢？我覺得為了他好的事，其實對他而言並不好嗎？

我不知道。儘管不清楚，但我想自己現在該做的，只有一件事。

鳥浦的海岸，是由岩石區和沙灘混合而成的。岩石區危險，大人會嚴格提醒小孩子不可以接近，所以小時候在海邊，我們總是在沙灘上玩。

拿玩沙的遊樂器材堆沙堡，在海浪會打上來的邊緣玩水，用樹枝在沙灘上塗鴉，撿蛤蠣，撿漂流過來的玻璃瓶和漂流木。

在那片充滿歡樂記憶的沙灘上，優海在等著我。他還沒注意到我。

我緩緩走近。沙子發出輕輕的沙沙聲。

他站在海浪邊緣。因為不知道我是不是真的會來、不知道我什麼時候來，其實坐著等我也沒關係，他卻站著等。

我小聲地說，優海這個笨蛋。

這片海岸，是由漂流過來的貝殼碎裂成沙形成的。晚上沐浴在月光下，這片沙灘會閃著銀白色的光輝，呈現出一種夢幻的美感。不知道為什麼，每次看見這片沙灘，我都會覺得月光下的沙漠也是這麼美吧。

在月光中浮現，在全白的沙漠中一個人佇立的優海。眼前是掛著潔白月亮的藍色天空，滿天閃耀的無數星斗，波光粼粼倒映著月亮的深藍色海洋。

寂寥至極的景象，我已經沒辦法用走的了。

我拚盡全力朝他奔去。

注意到我腳步聲的優海轉過頭的瞬間，我用力撲了上去。

「哇！」

優海喊出聲音抱住我，就這樣失去平衡倒在沙灘上。頭髮、衣服、皮膚上瞬間沾滿了沙子，腳被打上岸的海浪弄溼。

「啊哈哈！」

優海大笑起來，我也在他身上同樣的笑了。到底有多久沒有真心大笑了呢，我想。

「真是——為什麼突然這樣，嚇我一跳——！」

優海抱著全身是沙的我，就這樣看著我。他的臉上一如往常帶著溫和的微笑。不管我做什麼、說什麼、自顧自的擺佈什麼，都只是笑著接受的優海。

我的雙臂環著他的脖子，緊緊抱住他。從頭上傳來一個呵呵笑出來的聲音。

我微微側過頭，將耳朵壓在他胸口。怦怦，規律的心臟跳動聲，比沙沙響的波濤聲還大。

每次心跳的間隔，說不定比平常要快一點。

我很喜歡像現在這樣把耳朵貼在優海胸前，聽他的心跳聲，從小當我孤獨或悲傷的時候，我都這麼做。

「……啊，是『貓岩』。」

當我看到離我們有點距離的岩石時，不由得開口驚呼。

這塊細細長長，前端有兩個三角形凸起的岩石，是小學時優海發現的，我將它命名為貓岩。我一度很喜歡這塊石頭，總在它前面玩沙。

「真的耶，好懷念喔。」

優海輕聲說。

我們一同度過數不清的回憶，一一由我們塑造成形，讓我們的羈絆更深。不管是哪一段記憶，總是和優海有關。不管是哪一種感情，都與優海分享。

我過去的一切都與優海一起。我的現在，是從和優海長期共度的關係中造就的。如果沒有遇見優海，我一定不會成為今天的我。

所以，根本無法分開。

「……這個，妳做成項鍊了啊。」

優海忽然說，用指尖去纏掛在我脖子上的項鍊。金屬摩擦的鏘啷聲響起，金色的細鏈在月光下閃閃發光。

項鍊的末端，是一枚櫻花色的貝殼。

「嗯……為了能隨身配戴。」

「好耶。我也想這麼做。」

「優海戴項鍊？免談免談。」

「欸——我想要跟妳戴一樣的啊。」

「很尷尬耶。」

「哈哈。」

我們是在這裡撿貝殼玩的時候，發現這個櫻貝碎片的。

那一天，我非常受傷，心情沮喪。

「我再也不要跟凪沙一起玩了，也不要跟妳說話。因為凪沙是被拋棄的孩子，所以我媽媽說妳沒有人好好管教，不可以跟妳玩。」

同班的女孩對我說了這麼無情的話。

然而，會被別人這麼說，原因出在我自己身上。

升上小學後，我必須跟幾個幼兒園或托兒所過來的孩子們建立新的關係，但我做得不好。關於我媽媽的八卦在家長之間傳來傳去，孩子們也知道了。

「凪沙是沒有爸媽的孩子。好可憐喔。」

常有人說這種話，每次我都回「我的確沒有爸爸、媽媽，但我不可憐」。

我不想因為沒有雙親，和奶奶兩個人同住的事情被憐憫或取笑，所以總是小心翼翼，養成了固執又倔將的個性。加上說話不好聽，別人說了不愛聽的話，就會立刻激烈反駁，情況嚴重時還會大吵一架。

那一天，同學會對我說這種話，也是我的言行舉止招致的結果。

被拋棄的孩子、沒有人管教、不可以一起玩。這些話讓我大受打擊。

我心裡滿是憤怒、悔恨與悲傷，到鳥浦後一直忍耐的眼淚一口氣奪眶而出，我放聲大哭起來。

之後在健康中心哭到下課的我，和放學後來接我的優海一起回家。手牽著手一起走的時候，優海什麼也沒問，也什麼都沒說。

到家時，即便眼淚已經乾了，不過依舊是一臉看得出哭過的模樣，我不想這樣見奶奶，所以跟優海說「我還不想回家」。

而後他笑著說「那我們去海邊玩吧」，拉著我的手，帶我到這片沙灘來。

我問他要玩什麼的時候，他帶點戲謔的笑著回答。

「玩尋寶遊戲吧。」

尋寶？我歪頭好奇，優海說「找漂亮貝殼的遊戲喔」。

「來比誰找到的好看。」

明明應該是要一較高下的，但在優海找到這片櫻花色美麗貝殼的瞬間，他帶著滿臉笑容說「給妳」，把貝殼遞給我。

「這是我媽媽告訴我的。要是撿到粉紅色的貝殼，會變得幸福喔。」

能帶來幸福的貝殼，他毫不猶豫地送給了我。從那一瞬間開始，櫻貝就成了我最重要的寶物。

想起那時優海的笑容，我的心就揪緊了覺得疼痛，更用力地抱住優海。

「……吶，優海。」

他一如往常回答「嗯──？」。

「我喜歡你。」

呵呵，優海的笑聲在他胸中迴盪。

「我知道。」

優海用輕柔的聲音回答。

贏不了啊，我想。

我不是優海的對手。從小就總是贏不了他。

儘管有時候會很生氣，可一看見他的笑容便會立刻原諒他。遇到什麼難過的事情，只要被他溫柔的碰觸就會立刻忘記。對我而言，優海就是這樣的人。

一邊聽著海浪聲一邊擁抱，優海呼地吐了口大氣。我抬眼一看，他閉著眼睛，露出如釋重負的表情。

「唉……我本來以為真的不行了……。」

他這麼說的聲音帶著點顫抖，讓我心痛不已。

「……抱歉。」

「現在沒關係了。因為妳來了。」

他說，緊緊地抱住我。感覺很舒服，我呵呵笑出聲音。

「但是啊，真是——為什麼說要跟我分手——！我都覺得我要死了！明明這麼愛我！到底是為什麼!?」

優海大叫。我眨眨眼睛，微笑著歪歪頭。

「嗯——這是祕密。」

「什麼祕密啊！」

「女孩子的心很複雜。而且青春期的心是會動搖的呀。」

我沒辦法說實話，因此隨便敷衍幾句，草草帶過。

但是，自覺不懂女孩子心思的優海似乎接受了這個理由，沒有再說什麼。

盯著我看了一會的優海動了動身體，從口袋拿出某樣東西。是個透明的小壓克力盒子。裡面裝著櫻花色的碎片。

優海把找到的幸福貝殼給了我。所以我把貝殼一分為二，把其中一片給了他。希望優海留著，我說。

無論如何我都想和優海分享幸福。我無法獨佔優海找到的幸福、給我的幸福。

我緩緩起身，在沙灘上席地而坐。脫下涼鞋，一邊把腳趾泡在水裡一邊看著優海。

優海也起身坐在我身邊，打開盒子。用右手拿出粉紅色的貝殼碎片，左手指尖輕輕拿起我項鍊上的貝殼。

兩片貝殼靠近，輕輕靠在一起時，它們完美的嵌合在一起。

「……之前啊，在古典文學課上，不是有學到貝殼配對（註）嗎？」

優海突然這麼說，所以我的目光也從貝殼移開往上。

「是古代貴族公主玩的遊戲。貝殼裡面畫著源氏物語的圖畫，在許多貝殼當中，找出有相同圖畫、並且會完美重合的一組，妳記得嗎？」

「記得是記得，是怎麼了，優海竟然說上課的事。而且你在上古典文學課時，有連這麼小的細節都記住嗎？」

雖然知道這很沒禮貌，但這一點都不像優海會說的話，讓我嚇了一跳。而後他害羞的笑了笑，回答。

「因為我覺得就像我跟凪沙一樣，所以超——級感動。才會記住的。」

然後他一邊分開又合起櫻貝一邊繼續說。

「這些貝殼啊，大小、形狀、顏色和外觀都一樣對不對？就算從世界各地蒐集同種類的貝殼，能和這個契合在一起的，絕對只有這個吧。絕對只有相同的夥伴能組成一組。不覺得這很神奇嗎？」

「嗯……確實如此。所以貝殼配對的遊戲才玩得起來啊。」

「嗯。所以，我想。我和凪沙也是這樣。我不是凪沙就不行，凪沙也不是我就不行。」

優海用自信滿滿的語氣說。

「其他對象什麼的，一定沒辦法，一定沒有替代品。所以我想，我們就像貝殼的碎片一樣。」

我沉默地看著優海手中的兩片貝殼。

宛如左右對稱的雙胞胎，同樣形狀、同樣顏色、同樣外觀的貝殼組合。彼此只能和彼此配對，獨一無二的碎片。

「嗯……是呢。是的。」

我把臉靠在優海肩上，點點頭。

獨一無二的，沒有其他人能取代的靈魂伴侶。對我來說，優海就是這樣的人。

而且，我知道優海也有同樣的想法。他的話語、表情、行為、態度、動作、觸碰我的指尖，在在傳達著這個意念。

（註）古代日本流傳至江戶時代的遊戲，翻到兩個相同圖案的貝殼就得分。

我把頭靠在優海的肩膀上，閉起眼睛。拍打的海浪聲，以及優海平穩的呼吸聲在我耳膜中震動。沒有比這更滿足的感受了。

我輕輕睜開眼，眺望倒映著月亮的海洋。夏天的夜風吹拂，腳趾浸在水裡涼涼的，非常舒服。

月光灑滿全身，我在心裡對海說。

神啊，對不起。我要收回之前說的話。

我還是沒辦法離開優海。我與優海，就如同一組貝殼的碎片。彼此換了誰都不對。

因此，看起來我要完成的事情似乎是一次有勇無謀的嘗試。只能放棄，乖乖接受命運。

所以，請在「命運之日」來臨前，讓我靜靜地和他在一起。只要這樣就好。

我向海與風許下了一個不知會不會成真的願望，許下了一個不知能不能傳達出去的祈求。

第八章　淚之滴

在月光下的海灘上和好之後，第二天早上，我們完全恢復正常。和過去一樣在一起，一同歡笑，小小鬥嘴，真的和過去沒有不同。

經歷糟糕透頂的分手，有段時間完全不見面，我原本以為就算和好也多少會有點尷尬，但從小一起度過、一起長大的關係，鐵到不是短短幾天就會破裂的。

放棄分手，決定和優海在一起之後的幾天，我每天都會去見他。

他社團活動結束時，我也從家裡出門，在他回家路上碰頭，一起吃午餐。之後，我們去了市立圖書館一起做暑假作業、看電影、吃鬆餅蛋糕、去水族館，還去科學館看星象儀。

「今年我很開心跟凪沙去了這麼多地方玩，為什麼這麼常來找我呀？」

優海好奇的說，但我以一句「高中生不就是這樣嗎」，隨口帶過。

就這樣，時間過得飛快，回過神來時，後天就是龍神祭了。

「今年也一起去參加祭典吧。」

優海無憂無慮的笑著說。我沒有說話，點點頭。

為了準備祭典，鳥浦處處都在做燈籠。我現在也和過去每年的夏天一樣，和奶奶一起做燈籠。

作法不難。首先做好木頭骨架，用刷子均勻塗上漿糊，小心地貼上和紙。等乾透定型後，燈籠就完成了。

我不是專業的，所以做得沒這麼漂亮，但這燈籠在龍神祭的燈籠遊行隊伍中用完後就會一起燒掉，所以只要有個型就好。

儘管也有人就這樣拿著沒圖案的燈籠參加遊行隊伍，不過大多數人都會畫上喜歡的畫或字來裝飾。

奶奶也是每年都會要我用畫具在燈籠上作畫。我雖然畫得不好，可卻不討厭畫畫，所以總是暗暗期待。

「小凪，妳今年要畫什麼呀？」

幫著塗漿糊時，奶奶問我。

「嗯——畫什麼好呢？」

我試著回想著之前的夏天究竟都畫了什麼，但想不起來。

反正是我畫的，應該像往常一樣想到什麼隨便畫什麼吧。我不信神，因此畫什麼都不重要。

但是，這次我想讓它有意義。

我一邊默默移動刷子塗上漿糊，一邊思考。然後想到某件事，並且決定這麼做。

即便不知道做不做得好，但我相信一定能傳達出去。所謂信者得救。

放在邊上的蚊香飄起細細的煙，散發出懷舊的味道。放在房間一隅的電風扇吹來溫熱的風。輕輕吹過我的脖頸，感覺兩鬢落下的頭髮隨之搖晃。

跪坐在榻榻米上，覺得腳涼涼的。海邊的夏天儘管熱，卻非常舒服。

對我而言，這一定是我——最後的一個夏天。

「——小凪？怎麼了？」

大概是在想事情，我的手停了下來。奶奶一臉擔心地看著我。

「啊，抱歉。我有點走神了。」

「怎麼了，身體不舒服嗎？」

「沒有，我很好。在想還有哪些作業啊——的時候，不小心就放空了。」

「這樣呀，沒事就好。」

奶奶看起來還是有點擔心的樣子，忽然扶著腰站了起來。

「太熱了會走神啊，我去拿麥茶來吧。」

在我說「沒關係，我去拿吧」的阻止她之前，奶奶就已經快步走進廚房。

「來，請用。」

「我開動了。」

空咚放下的玻璃杯中，裝著琥珀色的麥茶和透明的冰塊。拿起玻璃杯，冰塊哐啷作響。光聽這個聲音就覺得涼。就口一口氣喝乾，一股發麻的涼意從喉嚨竄出。

「啊——夏天就是要喝麥茶。」

我一邊擦去唇邊殘留的一點點麥茶一邊說，奶奶笑了。是眼角有許多溫柔的皺紋，一直包容著我的笑容。

我忽然眼睛一熱。為了不讓她發現，我無謂地搖動只剩冰塊的玻璃杯。嘴唇碰到冰塊，這涼意讓我微微顫抖。

把湧起的情緒壓下來之後，我再度轉向奶奶。

「奶奶，謝謝您。」

奶奶微微睜大眼睛，疑惑地微微偏頭，微笑著說「不客氣」。

奶奶應該覺得只是喝了麥茶的感謝吧。這是沒辦法的事，雖然這樣也可以，但我有點沮喪。

我想盡可能有效運用給我的時間、剩下的時間。不過，這有條件也有限制，無法事事都按照我的想法去做。都是些沮喪的事。

與此為對比，明明應該放棄的，可我確實感覺到一種近似執著的東西在開始在心裡滋長。

即使如此，我也只能視而不見，裝作沒注意到。

「命運之日」已迫在眉睫。

「凪沙——！抱歉，我遲到了！」

我站在校門前，看著大馬路上來來往往的車時，優海一邊大幅度揮手，一邊從裡頭騎著自行車衝過來。

「練習結束後突然要開會啊——我就遲到了。」

按下煞車在我跟前停下的優海，一臉抱歉的看著我。

「原來如此，辛苦啦。」

「謝謝。抱歉讓妳在這麼熱的天氣裡等我，真的。」

我對著啪一下雙手合十低頭道歉的他搖搖頭說「沒關係」。

「我在樹蔭下沒這麼熱。比起這個，我們快點走吧。」

「嗯，走吧走吧！」

我移動停靠在牆上的自行車，跟在優海後頭出發。

今天我們約好優海社團活動結束後在學校見面，然後在車站前一起吃午餐。剛好我也有東西要來學校交，所以時間配合得上。

我們兩個人騎著腳踏車往車站方向去。我無意間看向地面時，我們的影子清晰地落在發白的水泥路面上。夏天的影子真的很明顯。應該是太陽光很強的緣故。

我瞇起眼睛，抬起頭，望向讓我握著龍頭的雙臂沐浴在熾烈光亮下的太陽。

夏天的炎熱也好、陽光的強烈也好、柏油路的熱氣也好、陰影的濃重也好、流下的汗也好、潮溼的肌膚也好，對現在的我一切都不捨而珍貴。

「吶——妳想吃什麼——？凪沙——。」

優海轉過頭來問我。

「什麼都可以喔——吃優海想吃的。」

「這樣嗎？該怎麼辦呀——漢堡、牛丼、拉麵、定食套餐，啊——但是涼的也很好啊。像海苔蕎麥麵或是中華冷麵。要選哪個才好——？」

「你的備選名單也太多了——。」

我們騎進一條沒什麼車的住宅區道路，我稍微加快一點速度追上優海。

我最喜歡的、和優海一起騎腳踏車的時光。這應該是最後一次了，所以我想稍微接近他一點。

煩惱到最後，優海選了車站前的一家義式家庭餐廳。這家連鎖餐廳便宜又好吃，所以很受年輕人和有小孩的家庭歡迎。

我選了焗烤飯，優海點了義大利麵和披薩，還額外點了沙拉兩個人分享。

分沙拉的時候，優海對隔壁桌的孩子伸出舌頭說「咧咧咧帕」，逗孩子笑了起來。

我微笑著想「還真是沒變啊」的同時，也想到優海要是有了自己的孩子，也一定會很疼他吧？接著胸口生疼。

我一定，見不到那幅光景了。

「凪沙，怎麼啦？」

優海一臉擔心地看著用夾子夾著生菜，就這樣陷入沉思的我。我笑著搖搖頭說「沒事」。

「只是想點事。」

「嗯？」

「凱薩沙拉裡的凱薩到底是什麼意思。」

我指著正在分的沙拉隨便找話帶過，優海露出驚訝的表情。

「欸，凪沙不知道嗎？是那個啊，沖繩人家裡會放的那個像狗狗的東西！」

意料之外的笨蛋回答讓我傻眼，然後大笑出聲。

「你在說什麼？那是風獅爺（註）吧。這是凱薩沙拉。」

（註）日文中風獅爺讀「シーサー」，凱薩沙拉讀「シーザーサラダ」，發音相似。

「欸，啊，是喔？這麼說起來好像是耶。」
「真是的——真是個笨蛋……。」
「嘿嘿嘿，我真丟臉——。」
「算了，優海這個樣子，不也很好嗎？」
「喔，好難得喔。妳平常都說要更用功念書的。」
「不，好好讀書比較好，但也沒人指望你學識淵博，偶爾說說笨話讓大家笑不也挺好的？感覺就很療癒。」
「原來如此！我的笨也有這樣的優點啊！」
在優海一臉高興的如是說時，焗烤飯和披薩正好送上來。笑著說「看起來好好吃」的優海開始切披薩。
「凪沙，妳要嘗嘗披薩嗎？」
突然被這麼一問，我點點頭。
「那，我分一片吧。」
「好。那，就這片。」
優海放在分裝盤上遞給我的，是其中最大、配料也最多的一片。
「不用啦，我不要這麼大塊。這片給你，我要那邊小片的就好。」
我說著想把大片的披薩還給優海，但他卻推還給我。
「可以啦——我想讓凪沙吃看起來最好吃的。」

聽他這麼說，我很難斷然拒絕，便滿懷感激的接受了。我把自己的焗烤飯中看起來最好吃的一部分挑出來，加上優海喜歡的蝦遞給優海，當作回禮。

「欸——這也太豪華了吧！凪沙人真好——！」

這該是我的台詞啊，我想。

因為優海給了我純粹的溫柔，彆扭的我才會不由自主地想去回報這份溫柔。

從今往後，那些優海溫柔以待的人，一定也會溫柔待他吧？但願如此。

「凪沙，妳看妳看。」

就在我還沉浸在自己的思緒中時，優海忽然喊我。我看過去，他露齒一笑。牙齒和牙齦都被染成一片漆黑。

我頓了一下，然後聳聳肩說「你小孩嗎」，優海一臉開心的笑著說「嚇到了——？」。

「沒嚇到喔。我從優海點墨魚麵的時候，就覺得你應該會幹這種事。」

「真的嗎——？凪沙很瞭解我的一切啊——。」

「你只是單純而已。」

「又來了——！」

不管說什麼，優海看起來總是很開心。我以前曾對他這麼說過，然後他回答「因為光是跟凪沙在一起就很開心啊」，我不知該做何反應，所以就再也不提了。

「呼——吃飽了。感謝招待。」

吃完飯的優海，雙手合十微微鞠躬。不多久我也吃完了，拿著單子走向收銀臺。

結完帳要走時，優海笑著對幫我們結帳的大叔說。

「謝謝招待！很好吃！」

大叔瞬間張大了眼睛，然後周到有禮的鞠躬說「謝謝」。

在這種連鎖速食店裡頭，不只「謝謝招待」，連「很好吃」都會說的人，我只見過優海一個而已。

儘管店裡的人總會被嚇到，但我覺得這樣的優海很棒，也相當自豪。

吃完午餐，我們在車站大樓裡頭的服飾店和日常雜貨店稍微逛了逛，而後回到鳥浦。莫名難分難捨，我們不約而同下了腳踏車，並肩推著車走在沿海道路上。

防波堤下放著無數個消波塊。海浪拍打上來碎裂，化成一片白色散落。

還有人跑到消波塊上去釣魚，不知道從哪裡下去的。看到那模樣，我的心臟開始狂跳。有點想吐，頭也很痛，便移開目光不去看釣魚的人。深呼吸一會後，想吐的感覺就消失了。

我們玩的時間比預期的長，所以時間已經很晚了，已經是晚餐時間。不知道從哪裡飄來燉煮食物的香氣。

我一邊呆呆看著海一邊走，不知不覺走在我前面幾步的優海突然停了下來，我差點撞上。

「凪沙，妳沒事吧？」

優海皺著眉頭問我。

「總覺得妳沒什麼精神。怎麼了？」

一如往常，這種時候他總是特別敏銳。我裝傻說「有嗎？」回答「大概是肚子餓了吧」。

「如果是這樣就好……。」

優海一臉壓根不信的樣子咕噥，再度慢慢地邁開腳步。

走了一會，到了分岔路口。無論在怎麼下車步行，在這小小的城鎮裡也很快就會走到終點。

我想著時間過得真快啊，停下腳步看著優海。

但是，在我開口說「再見」前，優海說「我送妳」。

一起回家時，他總會想要送我回家，但我覺得讓他特意繞路很過意不去，因此每次都會堅持拒絕，最近也不說了。

即使如此，為什麼只有今天呢。

我吞回這句話，笑著說。

「沒關係啦。我馬上就到家了。優海也累了吧，早點回家比較好喔。」

這次我明確地說「再見」，朝優海揮揮手。

「不要。」

「我送妳。」

優海用異常固執的聲音低語。

我知道他一旦變成這樣，我說什麼他都聽不進去，所以我說好吧，往我家方向邁開腳步。

我就這樣沉默地走在回家路上。身後的優海也只是默默地跟著我。

太好了，要是他說什麼的話，我的決心說不定會動搖。

到了大門前，我呼地吐出一口氣後，勢頭十足的轉身。

優海眼睛眨也不眨地盯著我看。我也以同樣的方式回望，接著緩緩開口。

「……拜拜，優海。」

與此同時我轉過身，準備開門。

下一個瞬間，優海跑過來拉住我的手腕。

「這什麼？」

他用一臉我沒見過的不滿表情看著我。視線強烈直接，讓人無法別開眼睛。

「這什麼意思啊，凪沙。」

「蛤……？」

我用力抽回手臂，想要甩開他的手，卻文風不動。

「妳剛剛說了拜拜吧？為什麼？」

「什麼為什麼……因為要道別了啊。這不是很平常嗎？」

我淡淡回答的瞬間，優海大喊「不一樣！」，肩膀顫抖。我是第一次聽見優海這麼激動地說話。

「才不平常……凪沙總是說再見、下次見吧！」

「欸……？」

優海用確定的語氣堅定地對語塞的我說。

「凪沙從來沒有對我說過拜拜。」

我明顯嚇了一跳。

是這樣嗎？我毫無自覺。

找不到可以搪塞的話，我只能保持沉默，優海的表情漸漸扭曲。

「每次聽見凪沙對我說下次見，我都會想能再見到凪沙，好開心。」

優海的手用力。

「凪沙是，只有凪沙是絕對不會從我眼前消失的人……我覺得到了明天又能見到……真是太好了。」

我眼底彷彿被絞緊般疼痛，眼睛一熱。

我不知道優海是這麼想的。

我沒有意識到，自己從不說告別的話。

或許我無意識地告訴因突如其來的意外而失去家人的他。我不會離開。即使如此。

「既然如此，為什麼現在妳說拜拜？是不會『再見』的意思？」

「……。」

「因為再也見不到了，因為今天就要分開了，所以不說再見是嗎？」

我完全沒有這個意思。原本打算表現的和平常一樣的。

但是，只對我的事敏感且敏銳的優海，從這些細微末節中察覺到了。

對優海，只有對優海不說謊。不糊弄帶過。

我的視線逐漸模糊。

「到底怎麼回事……難道是凪沙要去什麼地方嗎？」

優海痛苦的表情和絕望的聲音，以及顫抖的手……我的忍耐瞬間崩壞。

「……嗚。」

我忍不住說出口。但是這些話並沒有聲音，只有我嘴邊的空氣微微震顫而已。

一顆淚珠滾落。我察覺到這一點時，眼淚接連奪眶而出。

「──嗚啊……！」

我忍不住了，從喉間爆出哭聲。

「凪沙……。」

下一秒，我被緊緊的抱住了。被喜歡的雙臂包圍的安全感，讓我的眼淚一口氣奪眶而出。一邊貼著優海的胸口，一邊放聲大哭。

就在此時，視野邊緣出現了奶奶洗好的衣物，刺激我僅存的理智。

「……換個，地方。在這裡沒辦法說。」

我抽抽噎噎、斷斷續續地說，優海就這樣抱著我點點頭。

「妳坐後面。」

優海跨上腳踏車，讓我坐在後面車架上。

雖然學校總會教大家腳踏車不能兩人共乘，但就今天，我希望能特別被允許這麼做。我甚至沒辦法自行站立。也沒辦法走路，更無法騎車。要是沒有優海，我哪裡都去不了。

不知不覺間，時間已經接近晚上，我們在位置已經很低的太陽光芒中，逐漸感受到晚霞的氣息。

第九章　心之音

優海帶著我，到那個找到櫻貝的沙灘。停好腳踏車，從防波堤樓梯往下，來到海灘上。

我們並肩坐在水邊，優海靜靜地握住我的雙手。大概是在等我哭完，可以說話吧。

看著位置越來越低，隨之越來越大的夕陽，我的眼淚止住了。波浪來來往往，白色的泡沫在我們腳邊散落。

看著宛如珍珠般的海水水珠，我自然而然地脫口而出。

「——死了。」

這次有好好的發出聲音。我覺得是不輸給海浪聲音的，清晰的聲音。

不過，優海似乎沒聽清，或是以為自己聽錯，訝異地「欸？」一聲，看著我。

我深呼吸一口氣後，看著他的眼睛，斬釘截鐵地說。

「我，已經死了。」

雖然擔心我說話的聲音是不是在發抖，結果還好。看來是已經做好心理準備了。

「……什麼？」

優海似乎終於聽懂我說的話是什麼意思，但仍然一臉不可置信的表情。

「欸、欸、欸？等一下，我不懂，這什麼意思？」

我對著抓頭弄亂頭髮，明顯不安的他，再度重複一樣的話。

「所以，我確定我馬上就要死了。」

如果不冷靜的說，我覺得會一口氣潰堤，因此盡可能語調平穩。

「我的生命馬上要結束了。這是已經確定的。」

優海臉上很快沒了表情，變得像紙一樣白。僵硬到宛如變成假人模特兒，說不出話來。

過了一會兒，他用微弱的聲音說。

「……妳生病了？」

原來如此，這麼說的話會讓人那樣想啊。我波浪鼓般搖頭。

「不是。我不管怎麼看都很有精神吧。身體非常健康。」

「那麼，為什麼……？」

咕噥著的優海，突然睜大眼睛。

「難不成，妳打算自殺……!?」

我噗哧一笑，再度搖頭。

「我才不會自殺。」

優海立刻放下心來似的鬆了口氣。

「也是……莫非是被誰盯上了？跟蹤狂嗎？」

「啊哈哈，沒有沒有，不可能有這種人啦。」

我輕笑出聲，然後再度深呼吸一口氣，告訴他真相。

「是意外喔，意外。只是個意外。」

「意外……？」

優海皺起眉頭。

這反應是理所當然的。馬上就會因為意外死亡什麼的，我有自己在說一些無法理解的話的自覺。不過，這是真的。

「那個啊……優海。」

「嗯……。」

「現在開始我會說很奇怪的事喔。不可能發生的事。但是啊，這是真的。你說不定不會相信，可是——。」

「我相信。」

就像是把我打預防針般的話消抹去似的，優海說。

「我信。凪沙說什麼我都信。」

我不由得笑了，但心裡有點傻眼。

所以才要說啊。正因如此，優海他——。

「我一定會相信的，妳說。」

他一邊緊握我的手到幾乎疼痛一邊說。

我點點頭，看向大海。帶著紅色的太陽，一點一點接近水平線。風一吹，海水的味道就更濃烈了。

我緩緩眨眼後，就這樣看著前方，開了口。

「我啊……已經死了。死過一次了。」

我感覺到旁邊的優海動了動身體。我回握他的手，微笑著說。

「我是在……今年龍神大人祭典的那一天死的。」

優海皺眉。

「這怎麼回事……祭典是後天吧？」

「對。後天的祭典之日，我會在海裡溺水死去。」

「……欸？」

「所以，現在的我，大概……是個幽靈吧？」

優海張開眼睛，震驚地看著我。

「如果我說我死過一次，然後變成幽靈回到這裡的話，會不會比較好懂……？」

我開始娓娓道來我沒有跟任何人說過、也說不出口的話。

＊＊＊

那天早上，我騎著腳踏車，在祭典即將到來而沸騰的小鎮裡穿梭。要去車站附近的店裡買東西。

騎到沿海的國道上時，看見幾個人一如往常在那邊釣魚。我一邊心不在焉的看著一邊騎，就在這個時候。

我聽見一個小小孩的哭聲。

我反射性的跳下腳踏車，朝聲音傳來的方向奔去。那裡有個讀幼兒園年紀的男孩，在往大海延伸的堤防上雙手雙足跪地，一邊看著下方的海面一邊哭。

怎麼了，我問，孩子忍著嗚咽聲指著海說。「哥哥掉下去了」。

我一下嚇得面色如土。

我看向海面，有一隻小小的鞋子，在水裡載浮載沉。

「那個，是你哥哥的嗎？」

我問，男孩哭著點頭。

我一看到它的瞬間，就跳進海裡了。

我是在海邊長大的，因此對游技相當有自信。可即便如此，卻也是第一次穿著衣服就這樣跳進去，縱使穿著夏天的服裝，身體還是比我想像中要重。

儘管如此，我還是一邊拚命抵抗，一邊看著水中，找到正在沉入海底的小小身體。

我一度浮到海面上深吸一口氣，然後往海底直線下潛，抓住男孩的手腕。大概是喝了水失去意識，他的身體一點力氣都沒有。

我想就這樣一口氣往海面上游，但穿著衣服游泳，還要拉起另一個人的身體，本就是件相當困難的事。

不管我怎麼拚命抵抗、怎麼掙扎，都幾乎沒有前進。沒辦法往上一丁半點，我覺得剛剛跳進來的海面，離我驚人的遙遠。

我呼吸困難，頭腦昏沉，覺得自己慌亂起來。想要空氣、想要空氣，想要到幾乎發狂。

瞬間我有種要是鬆手就會舒服點的念頭。但是，一想起在海中無力飄蕩的幼小身體，還有男孩哭泣的臉，就沒辦法放手。

我在緊貼著幾乎要壓垮淹沒我的水中拚命掙扎了很長一段時間，終於接近海面。

此時，一個巨大的身影伴隨著大量的泡沫跳進海裡。是個男人，大概是這孩子的父親吧，我想。

我用盡全力，把男孩的身體推向他。他殺氣騰騰地緊緊抱住男孩，立刻往上朝海面游去。

就在想著這樣就沒事了的瞬間，我已像斷了線的木偶一樣一點力氣都使不出來，一分一毫都無法動彈。

大量的海水像雪崩一樣，灌入我想尋求空氣而張開的嘴裡，直接流向我的喉嚨、我的氣管、我的肺。

沒過多久，便失去了意識。

接下來，我回過神時，已然失去了身體，漂浮在半空中。

我不知道發生了什麼事，不知道在做什麼，也不知道自己在哪裡，就只是呆呆的浮在半空中。

我只知道，遠處有一道眩目的光芒，那是我應該去的地方。

就在我輕飄飄地要往那邊去時，忽然有個什麼東西爆開的感覺，然後一陣強風突然吹來，我一下子就被吹走了。

我被送到優海的家。

思緒漸漸清晰起來，我在優海家裡到處找他。然後，在一個昏暗的房間一隅找到了優海。

他彷彿全身都沒有力氣似的，軟綿綿的身體不自然地彎曲，半倒不倒的背靠牆坐著。面無表情、呆滯的嘴巴微張，眼睛都沒有眨一下。

我本以為他是不是死了，但他的指尖抽動了一下，知道他還活著。

雖生猶死。正如這句話。

啊啊，變成這樣了啊，我想。如果我死了，優海會變成這個樣子啊。這樣一定活不下去的。優海如果這樣下去，就無法生存了。

優海無力攤開的手掌上，放著櫻貝的碎片。看見它的瞬間，後悔如同暴風雨般席捲而來。

我不該死。為了優海，我不該死。我不該丟下他死去。

然而，我死了。優海就變成了這個樣子。

看見像燃盡的死灰般毫無生氣的他，我痛苦到幾乎心碎。

我不能死。不能就這樣死去。還不能就這樣消失。

我無聲地大喊。

就在這個時候，我眼前出現一片白光，什麼都看不見。

過了一會，原本全白的視野恢復顏色時，我人在海中。眼前是龍神大人之石。然後，有道聲音響起。

「妳有什麼遺憾呢？」

雖然搞不清楚是什麼狀況，但我立刻回答「優海」。

「留下優海一個人。」

回答後我想了想，再補充一句。

「和優海太接近。讓優海無法獨自活下去。」

如果真的變成這樣的話，如果沒有辦法一直和優海生活下去的話，我就不該和他心意相通。不該總是陪在他身邊，讓他沒有我就活不下去。應該要隨時能分開，保持更遠的距離才是。

愚蠢的我一直相信。能和優海一直在一起、一起變老、一起死去。

明明不可能，明明沒辦法永遠在一起，我依舊這麼相信。所以，優海才會這麼痛苦。

我的心如受到千刀萬剮般，後悔不已。

而後，龍神大人說。

「如此，我給妳修正的時間，為了消除妳的牽掛、能夠成佛，重新死一次吧。」

我嚇一跳，問了為什麼。

「妳每天都去祠廟參拜，獻上供品。所以，我許妳實現一個願望。」

然後龍神大人留下一句「下一次妳要了無遺憾的死去」，便消失了。

我在這裡失去意識，再醒過來時，回到了死前的一個多月。

然後，為了不讓自己忘記是哪一天死去，在掛曆上做了記號，決定要在這一天到來之前讓你能獨立自主。為了我死也無所謂。為了一個人也能活下去。

＊＊＊

「——蛤啊？這，這什麼……？」

這是，聽完我的故事後優海說的話。

也是啦，我想。就算是優海，也沒辦法相信這種話吧。什麼死過一次啊、看見神明啊、時光倒流啊，樁樁件件都是不切實際的事。

他說不定會覺得我想拿亂七八糟的話騙他而生氣吧。

「……開玩笑的啦。騙你的騙你的，這一定是開玩笑的吧，你相信啦？」

就在我想這麼說糊弄過去的時候。

「凪沙……。」

連同哽咽的聲音一起，我被優海抱住，緊緊的、幾乎不能呼吸的緊。

「妳一定非常害怕吧……？」

他在我耳邊說。

「蛤？什麼——？」

「因為，凪沙，妳是在知道自己會死的情況下活著吧。明明知道自己幾月幾號會死去，還是過著普通的生活。」

這個聲音，痛苦到宛如是他自己的遭遇。

「知道自己的大限而活著，很可怕吧……即使如此，凪沙，妳沒有跟任何人說，沒有示弱，一個人忍耐著。很害怕吧……抱歉，我沒有發現。」

聽了優海的話，我才發覺。

是的，我是害怕的。

意識到這一點，我立刻眼睛一熱。

是的，好害怕。我一直好害怕。

那天早上，醒過來的瞬間，我心臟劇烈跳動，幾乎破裂。死時的一切我還清楚記得，鮮明地記得我從未經歷過的痛苦。

另一方面，我心裡某個地方，覺得自己只是做了個惡夢。只是做了個奇怪的夢。大概一個月後自己就會死掉這種事，實在太不切實際了。

即使如此，日子一天一天過去，事情接二連三如同我記憶中那樣發生。我記得醒過來那天，優海忘記老師找他而挨罵，也知道他挨罵的原因。那時我內心還告訴自己大概只是預知夢，可等脫口而出、告知真梨修改後的考試範圍時，我就確定了至今發生的一切，果然都不是既視感。

我認知到，我的確知道未來。我記憶中的事情必定發生。優海期末考不及格所以無法參加縣大賽，因此悔恨痛哭，還有我救了溺水的孩子卻力竭死去，一切都會變成現實。

每當記憶中的事情變成現實，我就更加相信，慢慢覺得害怕起來。

我馬上就要死了，馬上又得經歷那麼痛苦的事情，一想到這裡，我就害怕得不得了，半夜被夢魘驚醒過好幾次。

我很開心能再次和優海度過死去之前的時光，可另一方面，我也的確怕得不得了。

「好了不起啊。」

砰砰，感受到優海摸摸我背脊的手掌溫度，我一下子宛如淚水潰堤般地哭出來。

「明明很害怕，卻為了我努力去做。期末考時嚴格對我，要跟我分手，全都是為了我。謝謝妳，凪沙……。」

不，我不是為了優海。全是為了我自己。

不想看見後悔不已的優海，所以我拚命教。不想看見悲傷的優海，所以我先分手。

我無法忍受留下優海死去，至少減輕優海對我的依賴再死去。不這麼做的話，我覺得就算死也死得不乾脆，所以想盡可能減少我的遺憾。

不想讓自己不愉快。說到底都是為了我自己。

所以，不是優海的錯。

雖然我想這麼說，但被接連不斷的眼淚阻撓，泣不成聲。我像孩子似的大聲哭喊。

「妳很害怕吧……妳很努力了……抱歉……謝謝。」

每聽到耳邊優海反覆的低語，就感受到他的溫暖，我的心漸漸平靜下來，暫時收住了眼淚。

這麼一來，我不得不承認。

我原本以為，是優海太喜歡我，所以依賴我，我不能就這樣死去。

但是，其實不是。

優海很強大。即使以這種荒謬的形式失去了家人，還是相信神明、沒有失去純粹的心靈，勇往直前活下去的強大。

即使我死了，優海也一定能好好活下去。

反而是我，因為喜歡優海喜歡得不得了，依賴優海直率的強大，被他無止盡的溫柔包圍保護，依賴著他。

我沒有優海就活不下去。自己一個人無法生存。我是這樣的，依賴著他。

沒有優海就不行的，是我。

覺得一直在一起是理所當然的，離開他就寂寞得不得了，無法忍受失去成對的另一半、孤身一人離開，所以我被這樣的遺憾束縛，不接受自己的死亡。

第二次的夏天，其實是為了我能接受獨自死去，下定決心離開優海的時間。

「優海……」我含著淚水低聲喊，把頭埋進他的胸口。

優海抱著我，像鼓勵我似地，一次又一次的撫摸我的背。

舒服的溫柔。被父母親捨棄的絕望和孤獨而發抖的我，被這份溫暖包圍，終於能好好呼吸了。

「謝謝你，優海。」

已經完全冷靜下來的我抬頭說，離開了他。

我抬頭看著優海的臉，他澄澈直率的眼睛，帶著穩重微笑的嘴唇，柔軟的臉頰，被染成一片橘色。

回頭一看，大大的夕陽即將沉入地平線。好美啊，我目不轉睛地看著時，忽然像被覆蓋著似的被優海從背後抱住。

「放心吧，凪沙。」

優海把頭埋在我肩頭，手臂用力。

「我絕對不會讓妳死的。」

我睜大眼睛，看向後面。優海低著頭，軟綿綿的頭髮，在海風中舞動。

「妳不用再害怕了。我一定會幫助凪沙的。」

「……你在說什麼？就說我已經註定會死了啊。」

「不，妳不會死。我會幫妳。無論如何，我都不會讓凪沙死。」

我一時語塞。

優海抬起頭，直直看著我。而後湊上來，用充滿決心的聲音說。

「只要注意不要讓在祭典那天溺死的孩子溺水就好了。就算他還是溺水了，我下水去救他就好。」

「……。」

「我會盡一切努力來幫助凪沙。做什麼都可以。我絕對不會讓妳死。絕對不會讓凪沙遭遇這麼可怕的經歷。」

我看向大海。彷彿融化般的夕陽漸漸模糊。滾落臉頰的淚水，溫溫的。

「妳不用再感到痛苦了……所以，放心吧。」

我小聲地說謝謝，蹭蹭優海的臉頰。

「……你很相信這個故事耶。」

我輕聲說，優海一臉不可思議地歪歪頭。

「這是當然的啊。只要是凪沙說的，我都會相信。」

我忽然笑出來，捏捏他的臉頰。

「不只我說的，誰說的優海你都信吧。這樣總有一天會被壞人騙走喔。」

「沒關係。到時候凪沙會來幫我吧。」

「……真是，都靠別人啊。」

「萬一發生這種情況，要是凪沙不在了會很麻煩的。所以，後天我會全力幫妳的！」

我笑著低頭說「笨蛋——」。

「我會幫凪沙。」

優海應該不知道，這句話讓我有多高興。

我原本預期他聽完之後可能會說同樣的話，但實際聽到他毫不猶豫而認真的話語，我開心得幾乎要發抖。

聽到優海這麼說，我不可思議的覺得，我真的會得救。我想那是優海真誠地說他會幫助我，並且打從心底覺得他能幫助我的關係吧。

聽著他說的話，被這股暖意包圍，覺得我即將死去這件事，不過是個惡夢而已。

「要是凪沙不在了會很麻煩啊。我會活不下去的。因為凪沙是我的另外一半啊。」

優海的手指，輕觸我胸口的櫻貝。

「因為，我們約好了吧？我跟凪沙，就像貝殼的半邊一樣，是獨一無二的，所以絕對不會分開。一輩子都會在一起喔。」

——櫻貝的約定。

在還不知道未來會發生什麼事，幼小而單純的時候，優海找到的幸運貝殼。我把貝殼的一半，遞給毫不猶豫說要把貝殼給我的他說。

「這片優海拿著。優海也一定要幸福。」

那之後的幾年，被接到親戚家的優海回到鳥浦，向我告白說他喜歡我，我們開始交往。那時候，我們在這個沙灘上交換貝殼，許下誓言。

「要一起幸福。永遠在一起。」

這是我們交換的「櫻貝的約定」。如此一來，就能兩人一起分享櫻貝帶來的幸福。

「為了遵守這個約定，我一定會幫助凪沙。所以，之後也要一直跟我在一起喔……凪沙。」

嗯，我輕輕點頭，再次將目光轉往大海。

盛夏的太陽漸漸西沉。

啊啊，今天結束了，我想。

一天的生命即將結束的太陽，用盡最後所有的力量似的發出眩目的光芒。宛如燒盡這世間一切的耀眼光亮。承受這個光亮，海洋、天空、雲朵、沙灘，一切的一切，都被染成耀眼眩目的鮮亮橘色。

我望著彷彿世界盡頭的大海，抬起頭，把耳朵靠在優海胸口。優海的心跳聲，溫柔震動著我的耳膜。溫暖、溫柔、安心，幸福得讓人想哭。

我閉起眼睛，在心中對優海說。正因為他聽不到所以才能說，許多的想法。我緩緩抬起眼，用溼漉漉的眼看著夕陽，只把我心中最重要的事情，化為言語，告訴優海。

「抱歉，謝謝。優海，我最喜歡你了。」

優海什麼也沒說，只是抱著我，落下溫柔的吻。

「我回來了——回來晚了。」

回到家後，我跟在客廳看電視的奶奶打招呼。

「歡迎回來，小凪。妳是跟優海出去了吧？」

「嗯。回來路上繞了一下所以回來晚了，抱歉。」

「沒關係，這點小事。玩得開心嗎？」

「嗯！」

我用力的點點頭，奶奶高興的笑著說「這樣呀」。

「那麼，我去準備晚飯吧。」

「啊，我也來幫忙——我去換個衣服，等我一下喔。」

我回到房間放下包包，換上家居服進了廚房，和奶奶一起做晚餐。

那天睜開眼睛後，知道和奶奶在一起的時間有限，盡可能的幫奶奶忙、一起共度時光。即使如此，日子果然還是轉瞬即逝。

裝盤、端到餐桌，我們面對面坐著，雙手合十說「我開動了」。

「嗯——好好吃——奶奶炒的菜真的很好吃啊。」

「哎呀，謝謝。」

「我才要謝謝奶奶一直煮飯給我吃。」

第一次的夏天，我沒想到會跟奶奶這麼早就分開，所以沒能表達自己平日的感謝。所以第二次的夏天，我盡可能地多說「謝謝」。

「小凪也長大了啊。」

奶奶一邊喝味噌湯，一邊深有感觸地說。

「覺得還在讀幼兒園呢，時間過得真快，一定一轉眼就是成人禮了啊……。」

對有點寂寞地如是說的奶奶，我笑著回答「還早呢」。

「但是，我真的很感謝奶奶。我突然被帶到這裡來，媽媽還鬧失蹤，即使如此仍舊養育我至今，我覺得我真的很幸運。」

「這是當然的，妳是我可愛的孫女呀。」

「不，我是真的覺得奶奶好厲害。一直以來都很感謝奶奶。」

我加了一句未來也請多多指教，奶奶笑著說「當然啊」。

早知道她會這麼開心，我就覺得後悔，之前一有機會就對她說「謝謝」就好了。

然後收拾好碗盤，我回房間之前。

我跪坐在奶奶面前，開口。

「那個，奶奶，我有事情想拜託妳……。」

當小鎮裡的人都入睡，鳥浦陷入黑暗與寂靜之中時。

我悄悄離開家，前往夜晚的海邊，回到家之後，我就一直在房間畫龍神祭用的燈籠。

我非得在今天晚上畫完不可。

我拿出中學時使用過的畫具，在調色盤上擠出顏料。然後用沾了水的畫筆，在燈籠的和紙上塗上顏色。

我決定好要畫什麼了。夜晚的海與月光下的沙灘。

深藍色的大海、藍色的夜空。白色的滿月與星光，月光照耀的沙灘。

然後，用粉紅色顏料畫出櫻貝，最後用黑色寫上重要的事情。這樣就完成了。

燈籠中放了一根點燃的蠟燭，關上房間的燈。在一片黑暗中閃爍著溫暖橘光的燈火。然後勾起回憶的沙灘。

嗯，看起來不錯，我自己一個人微笑起來。

這是我至今做得最好的一個。

第十章　祭之前

第二天早上，我吃完早餐，跟奶奶說「我去找優海喔」，走出了家門。昨天分別的時候，優海跟我說「明天起來第一件事就是到我家來」。

「我們訂立一個作戰計畫」。

他的表情，是我至今見過最認真的一次。

「那孩子溺水的時間、地點，凪沙找到他時發生的事情，只要妳記得的，全都仔細告訴我。我要訂立一個該怎麼阻止他溺水的策略，這件事非常重要。」

優海希望到他家去訂立戰略。他擔心如果在我家討論這個事情，說不定會被奶奶聽見。

「還有。如果他溺水了，我們得準備好救他的必備工具。開完作戰會議後，我們就去進貨吧」。

進貨，這個表現方式奇妙的有趣，我不由得笑出來。

「我其實今天就想開作戰會議，但多惠奶奶會擔心，總之就先讓妳回家。剩下的明天早上再說」。

老實說，我沒想過優海這麼有領導力，嚇了我一跳。能思考需要做的什麼、需要什麼東西，然後制定計畫加以執行。

我以為他做事很吊兒啷噹，不過其實還滿可靠的。或許是因為他一直以來都是獨立生活，才會這樣吧。

「那麼，我們約早上九點」，我提議。

我騎著腳踏車在沿海道路上奔馳，一邊瞟了眼手腕上的手錶確認時間。距離和優海約好的時間，還有二十分鐘。

我家離他家不過五分鐘路程，這麼早出門，當然是有原因的。

我再次看看手錶。差不多了，我看向海面。

堤防的前端有一名揮動釣竿、專注盯著海面的男子。一對年幼的兄弟在他後面玩耍。他們開始追來追去，朝我這個方向跑來，爸爸沒有注意到他們離開。

至少該穿件救生衣才對，不過現在想這些已經沒有意義了。

來吧，我在心裡跟自己說。閉上眼睛，吐了口大氣後，緩緩睜開眼睛。

我放下腳踏車，從防波堤樓梯走下去，跑過碼頭。直直奔向堤防。

男孩絆了一下，快要被弟弟追上，人還站不穩就慌忙掉頭轉向。結果因用力過猛而踉蹌，一腳踩空，就這樣掉到堤防下。

我拚命奔到嚇得哭出來的弟弟身旁，接著跳進海中。

瞬間我的世界變成一片藍色，被水包覆。

我想盡辦法睜開眼睛，轉頭找那個小男孩的蹤影。抱緊那個已經失去意識往下沉的小小身體，揮動手腳朝海面游去。

被光之網包圍的海面比我預期得要遙遠。無法隨心所欲移動的身體狼狽不堪，呼吸困難。

再一下，再努力一下啊，我。要是在這裡失敗就失去意義。要是沒能救到這個孩子就沒有意義了。

揮動雙足，一番掙扎後，我終於接近海面。這個瞬間，男孩的父親跳了下來。把孩子交出去後，我一下子放下心來，覺得渾身無力。

嘴裡吐出空氣。從我嘴裡跑出的透明氣泡緩緩往海面而去。之後我一口氣喝進大量海水，覺得連整個肺都滿滿是水。喉嚨和氣管灼燒般生疼，我意識到自己正在失去知覺。已經不行了。

我全身被氣泡包圍，緩緩朝海底沉。期間漸漸失去意識，也沒這麼痛苦了。

吶，優海，我在心裡呼喊。

優海，對不起，我說了謊。

我說我會在祭典當天死去，但其實是祭典的前一天——今天。

因為如果我說我要死了，優海應該會救我，命運或許會因此改變，所以我說謊了。抱歉。

我知道優海相信一切我說的話，所以才利用了這一點。

看吧，我說過很多次了吧？要是這麼輕易就相信別人的話，總有一天會被壞人騙的喔。那說的就是我。抱歉騙了你。

因為，神明是這麼說的。祂說不能改變命運。雖然可以重新死亡，但不許改變死去的命運。

我不知道這容不容易，但如果做了改變命運的大事、讓應該死去的我繼續活下去的話，一切都會發生扭曲，進而對身邊的人產生不好的影響。

如果會殃及優海、奶奶或學校的大家呢？

不可以吧。不能因為我活下來，造成大家的困擾。

如果優海幫我，或許死的就是優海了。我沒辦法忍受。

我註定要在十五歲的夏天死去，僅此而已。

即使如此，能再度過一次這個夏天，能和優海多相處一點時間。光是這樣，對我來說就足夠了。我已經非常幸福了。

吶，優海。

抱歉呀，我說了很多謊。

抱歉呀，我沒能好好離開你。

抱歉呀，我沒能遵守約定。

抱歉呀，我丟下優海了。

抱歉呀，沒辦法一直在一起。

抱歉呀，讓你一個人。

真的，真的，很抱歉。

還有，一件事。

謝謝你，和我相遇。

謝謝你，救了我這麼多次。

謝謝你，一直和我在一起。

謝謝你，像太陽一樣對我微笑。

謝謝你，給了我許多溫柔善意。

謝謝你，對我說了很多次喜歡。

謝謝你，不吝嗇的給了我很多的愛。

一切、一切，都謝謝你。

從我們相遇後的一切，一起度過的所有時光，都是我珍而重之的寶物。

吶，優海，我最喜歡你，最喜歡你了喔。

真的、真的，很愛你。

看見優海的笑臉，我就覺得幸福到不需要其他了。

在幽暗的海底發抖的我，被優海散發的溫柔光芒照亮、包圍、療癒，不知不覺間，忘記了所有的孤獨、絕望與寂寞。

能和優海在一起，我只覺得幸福。

要是沒有優海，我一定無法活到現在。

雖然我的人生很短，但我愛的人，只有優海。就算未來還會再活幾十年，我一樣可以對神起誓，我只愛優海一個人。

啊啊，如果早知道會丟下優海死去，我就不會這麼愛你了。如果早知道最後會放你獨自一人，就不會這麼依賴你了。

吶，優海。好想再多跟你在一起。

好想多跟你一起出遊，好想多跟你一起去用餐。

期待著長大之後，和你一起喝酒、一起兜風、一起去遠方旅行。雖然我因為害羞，最後什麼都沒說。

吶，優海。

儘管我們沒辦法繼續在一起了，可請你一定要幸福。

雖然悲傷，雖然寂寞，但你可以忘了我。所以，請你成為不遜於任何人、世上最幸福的人。

我想在我短短的生命中，也有一些小小的幸福在等待我吧。我會向神明祈求，將這些全都給你。

我只祈求你的幸福。

再見，我最重要的人。

把許多的「抱歉」、數不盡的「謝謝」，還有我人生中唯一的「我愛你」，送給你。

最終章　汝之聲

身體毫無力氣。像是中空的。

我像是個消風的氣球娃娃，靠在牆上，呆呆看著天花板。

這個樣子已經過了多久了？說不定已經好幾天了。

我不知道。一切都無所謂了。

因為，凪沙，已經不在了。

雖然不敢相信，但我知道這應該是真的。因為，我變得空蕩蕩的。我失去了另一半，像開了一個大洞。從那裡一直有東西掉下去，我已經站不起來也走不了路了。

失去凪沙的瞬間，我就不是我了。

我的腦子明明不想承認凪沙死了，但我心裡和身體上的空洞告訴我，凪沙已經不在的這件事是事實。

那天，到了約好的時間，凪沙沒有來。

以她的個性，只要有約，便絕對不會遲到。我覺得奇怪，立刻離開了家。

在我沿著海岸奔跑找凪沙時，聽到堤防那邊傳來異常的聲音。孩子激烈的哭聲，大人求救的聲音。

這瞬間，我懂了。

凪沙說謊。凪沙因救了一個溺水的孩子而死，不是明天，而是今天。

我像頭被重擊一般震驚。

我用自己都不敢相信的速度奔跑，就這樣跳進海裡。

我立刻就找到了凪沙。烏黑的頭髮和純白的襯衫，在藍色的海底詭異地搖蕩。

我抱住她拚命掙扎，設法冒出海面，聚集而來的大人們把凪沙和我拉了起來。

我出奇的疲倦，身體沉重到無法自行移動。

就在我們旁邊，父親在幫溺水的孩子進行胸外按壓。看見這一幕的瞬間，我的身體自己動了起來，也同樣壓在凪沙胸口上。

我完全沒有時間感。只看著凪沙，一臉蒼白、虛弱無力的凪沙。

不多久男孩吐出大量的水，恢復了呼吸。一陣歡聲雷動。

我一邊幫凪沙進行胸外按壓，一邊在心裡說，凪沙妳救的孩子得救了，接下來換妳了喔。

但凪沙的眼睛依然緊閉，蒼白的臉龐毫無生氣。

救護車立刻就到了，凪沙先上了擔架。我說自己是她的家人，便和凪沙一起上了救護車。

身上接著許多儀器，凪沙像是白色的人偶般躺在那裡。

我抓住她無力垂下的手臂，把她的手包在自己手掌裡。手冷得像冰，我背脊發涼。我拚命握著她的手，想讓她稍微暖和一點，一遍遍摩擦。

就在這個時候。凪沙的手指抽動了一下。

我立刻看向凪沙的臉。眼皮也抽動了一下，微微張開。我看見她溼漉漉的黑色眼睛從縫隙當中看著我，露出一抹淺淺的微笑。

太好了，救回來了，我想。

我握著她的手，喊著凪沙、凪沙。

而後凪沙的嘴唇動了動，但是聽不清聲音。

我靠了過去，聽見凪沙用很小、很小的聲音說，對不起。

我以為她是因為欺騙我而道歉，我拚命搖頭。

凪沙再次露出淺淺的微笑，這次只有氣音，說，我最喜歡你了。

我也是，我答。然後不知道為什麼，凪沙悲傷地皺起眉頭。

我覆在凪沙身上，緊緊抱住了她。哈，我耳邊響起一個鬆口氣似的嘆息。

我想用自己的體溫去溫暖她冷得可怕的身體，緊緊貼著、靠著她似的抱著她。過了半晌，凪沙用低不可聞的聲音說。

「抱歉，騙你的，忘了吧」。

——這是凪沙的最後一句話。

凪沙的葬禮結束，我回到家後，一步都動不了。

小鎮上的居民、學校的朋友，大家都很擔心我，所以我努力振作，表現出一臉沒事的樣子，但一個人的時候，我就不行了。

斷線般的身體一點力氣都沒有，倒在地上，就這樣一直倒著。

肚子不餓，喉嚨也不渴。這樣下去，說不定有一天會乾透，變得像一張薄薄的紙一樣，能乘著海風去凪沙所在的地方。

就在我怔怔地想時，走廊邊的窗戶被敲響。我一看，是多惠奶奶——凪沙的奶奶，抱著一個用包袱巾包好的大包裹。

「……優海同學。」

只說了這句，就低下頭。那一瞬間，多惠奶奶的眼淚奪眶而出，落在地板上。

多惠奶奶失去了她最疼愛的孫女、唯一的家人。我什麼都說不出口，只嗯的應了聲，轉回視線。

這時候，裝飾櫃上的照片映入我眼簾。

我的雙親、我、廣海，還有凪沙。

現在只剩我一個人了。

一思及此，一種無以名狀的感情爆發開來。悲傷、憤怒、痛苦、絕望。是一種混合了這些東西的感情。

「為什麼……！」

我呻吟似地說，蹲在地板上。

「為什麼啊……!!」

眼睛一下發熱，淚水像瀑布一樣流下。

「為什麼連凪沙也……!!」

我揪著胸口，趴伏在地。

出來。

「優海同學……。」

我嚎啕大哭，多惠奶奶從沿廊上來進了房間，摩擦似的一遍遍撫摸我的背。

多惠奶奶一定很難過。即使如此她還是安慰我，我知道這不對，但我的眼淚止不住地湧出來。

即使我什麼都失去了，但我還有凪沙。

在全家人都去世，我覺得自己像是被獨自留在沙漠正中央的時候，凪沙一直陪在我身邊，直到我重新站起來。

對我而言，凪沙就像是照進黑暗中的溫柔光芒，是救贖之光，也是希望之光。

我以為我可以和凪沙一直在一起。只有凪沙，我不想失去她。

然而，對我來說很重要的東西，再次從我手心掉落。為了不再失去它、絕對不會放開它，我應該小心翼翼、珍而重之的握住它的，卻像手心撈起的沙子似的，瞬間就從指縫間溜走。

「凪沙、只有凪沙，不可以……神啊……。」

我最珍視的，重要到無可取代的人，從我身邊消失了。

「為什麼……為什麼……神啊……。」

「神明啊，」多惠奶奶小聲地對趴在地上哭號的我說。

「神明會給予我們很多，也會奪走很多……。」

她顫抖的聲音裡，帶著失去比我更多重要事物的悲傷。

我緩緩抬起頭，看著多惠奶奶。

聽說多惠奶奶在戰爭期間很早就結婚了，並且因為戰爭失去了雙親、手足和丈夫。戰爭結束後，拚命養育生下的幾個孩子，但長大成人的只有小兒子，這個孩子，也就是凪沙的父親，也是年紀輕輕就過世了。

她把剩下的凪沙當作自己的孩子一樣珍惜養育，但連凪沙都死了。這該有多悲傷？

為什麼能在失去這麼多之後，還能這麼堅強的活下去呢。

「……為什麼，重視的事物全都消失了……為什麼大家都丟下我死去了呢……？」

我流著淚、嘶啞著聲音問，多惠奶奶露出寂寞的微笑。

「人只要活著，就會一次次經歷悲傷、痛苦的事。會被奪走一些重要的東西。也會很多次覺得已經活不下去、覺得活著沒有意義了……但如果不相信……就活不下去了喔。」

多惠奶奶一邊哭，一邊對著啞口無言的我說「很痛苦啊」。

討厭，我想。

我沒有凪沙就活不下去。失去凪沙我的人生就沒有意義。活著沒有意義。如果凪沙已經不在這個世界，那我就去凪沙所在的地方。

就在我這麼想時，多惠奶奶把某個東西放到我手裡。

「這是小凪拜託我的。在她過世的前一天晚上，她說希望我來找你，把這個交給你。」

我低頭一看，在我手心裡的是凪沙的手機。我不知道是什麼意思，歪著頭看向多惠奶奶。

「還有一個，說要給你看燈籠上畫的圖案。」

多惠奶奶從她抱著的包袱巾中拿出龍神祭用的燈籠，我怔怔地接了過來。

「現在回頭想想，真是不可思議啊……那孩子，說不定是知道了什麼……。就像是知道自己要死了，把要交給優海同學的東西託給奶奶，然後死去。」

多惠奶奶一邊擦去眼角的淚水一邊說。

「那麼，奶奶回家了啊。不能讓小凪覺得寂寞……。」

這麼說完，多惠奶奶對我揮揮手，踏上歸途。

被留下的我，呆坐在手機和燈籠前。

凪沙為什麼要留這些東西給我呢？

我不知道該怎麼做比較好，總之先按電源鍵。而後螢幕亮了。

但是，沒有輸入開機密碼就打不開。我一頭霧水，放下手機，這次看的是燈籠。

畫著夜晚的海洋與星空，還有月亮與沙灘。輕淺溫柔的色調，非常有凪沙的風格。

想到中學時的美術課上，凪沙因為畫得不好所以抱怨，但還是一邊抱怨一邊努力畫畫的可愛模樣，忽然笑了出來。

視線轉移，看見大海旁邊畫著粉紅色貝殼的瞬間，我的眼淚奪眶而出。

靠在一起的兩片貝殼非常完美的左右對稱，看得出來彼此的存在是獨一無二的。想到凪沙畫這些時的心情，我又哭了一會。

淚水停歇，我重新看向燈籠時，注意到了某個東西。

悄悄寫在櫻貝圖下方的文字。仔細一看，是一組四位數字——我的生日。

我呆呆的看著，一下子會意過來。我慌忙拿起凪沙的手機，用顫抖的手指輸入這組數字。

「啊……！」

開機鎖解除。螢幕上秀出來的畫面，是筆記本。

【給優海】

看見這個文字時，我的心臟重重一跳。耳邊響起凪沙喊我時的溫柔聲音。

【看相簿】

就只有一句話的訊息。很有凪沙的風格。

我立刻關上筆記本，打開相簿。

相簿裡有一個取名【給優海】的檔案夾。

我用顫抖的手點開檔案夾。打開的瞬間，出現許多我的臉，讓我屏住呼吸。

在早上、在中午、在傍晚、在晚上。

在海邊、在沙灘、在家裡、在教室、在體育館、在街上、在車站、在電車裡、在公車站。

皺著臉笑、小鬧彆扭、走路、奔跑、打籃球、捧腹大笑、吃飯、讀書、對小嬰兒做鬼臉、往嘴裡塞冰淇淋、看著天空、凝視著這裡、微笑……。

在這裡，有無數的我。

這麼說起來，凪沙最近拚命在拍照。問她是不是迷上攝影，她只給了我一個含糊的解釋。

凪沙是為此拍照的啊。為了讓我看她眼中的我。

「原來如此……嗯，我明白了。」

我對著凪沙小聲地說。

「凪沙是這樣看著我的。」

儘管沒辦法好好用言語表達，但我知道，凪沙是用這麼溫柔的眼光在看我的。

我好高興、好高興，又哭了出來。

一度死去，凪沙為了我使用她被賦予再過一次的寶貴時間。她很害怕吧、很痛苦吧，比起自己，她為了減輕一點點我的悲傷，為我做了這些。

凪沙，凪沙，我在心中喊著。

我回顧著與凪沙的記憶，往下滑檔案夾裡的照片。

我看到最後一個檔案時，心重重地跳了一下。

那不是照片，而是影片。而且，拍的不是我，而是凪沙。是在自己房間裡坐在書桌前、戴著櫻貝項鍊，望向我這裡的凪沙。

我用拳頭壓抑住幾乎要吐出來的激烈心跳，按下播放鍵。

「優海。」

凪沙用一如往常的聲音喊我。

我的思念轉瞬間如海嘯般襲來，眼淚一下子奪眶而出。畫面中的凪沙，彷彿在看著我似的，溫柔的呵呵笑。

「反正你一定一直哭吧。」

凪沙揶揄地說，又笑了。

「有好好吃飯嗎？有好好寫暑假作業嗎？馬上就要開學了喔，有沒有忘記要交的資料呢？」

真的是一如往常的語調，什麼事情都沒發生過似的表情。

凪沙、凪沙、凪沙，我一邊喊，一邊盯著螢幕看。

「已經是高中生了，螺絲鎖緊點啊……嗯，我雖然老是這麼說，但其實，我知道你比誰都認真。」

凪沙用指尖玩著頭髮。這是凪沙害羞時的習慣的小動作。好懷念啊，我的眼淚又出來了。

「我一開始啊，是想要寫信的，但想到要寫的時候又覺得害羞，就試著拍影片。但是，說話也很尷尬……。」

凪沙噗哧一笑。

「那個啊……。」

好像想開口要說什麼的凪沙，就這樣噤了聲。沉默幾秒鐘後，凪沙低下頭，用乾澀的聲音笑了起來。

「我想了很多要說的話，但腦袋已經一片空白……。」

已經說不出話來的凪沙肩膀微微顫抖。我注意到的瞬間，好想好想抱住她。想回到過去，抱住當時的她。

「……雖然我跟優海說是後天，可其實是明天。優海一定很驚訝吧。就算是優海也會生氣才對。我說謊了，抱歉。」

凪沙還是看著我這裡微笑著。

知道自己明天就會溺死，但凪沙卻依舊帶著笑容，為了我說話。忍受恐怖與絕望，帶著一如往常的笑容對我說話。

凪沙總是這樣。

是比起自己，更為他人著想的溫柔孩子。把我的事情，看得比她自己的事情重要，優先考慮到我。

太溫柔了，凪沙。所以，即使發生這種事情，還能這樣微笑。

「真的很抱歉。」

反覆道歉的凪沙，再次咬著唇低下頭。然後一陣輕微的抽泣聲，用沙啞的聲音喊「優海」。

「優海……優海。謝謝你。在我失去母親，悲傷寂寞得不得了的時候，是優海拯救了我唷。之後優海的溫柔也拯救了我很多次……謝謝你，一直在我身邊。」

凪沙抬起頭，透明的淚珠從她的眼眸中滴滴滾落。

「我從優海那裏得到許多、許多的幸福喔。所以，已經夠了。已經很多了。」

凪沙一邊哭，一邊穩重地微笑。

「所以，優海，不可以一直悲傷下去喔。」

她的聲音抖得明顯。

我雙手緊握著手機。沒有這個畫面也無所謂，我想。我想到螢幕裡，抱著凪沙。緊緊地、緊緊地、抱著她，緊到她不能呼吸、不再顫抖。

我在心中道歉，對不起，凪沙，對不起，我沒陪在妳身邊。

「優海，我好喜歡你。」

稍稍吸了一口氣後，凪沙用開朗的聲音說。然後輕輕用指尖碰觸胸前的項鍊。

「優海給我的這個幸福櫻貝，效果超好耶。優海一直在我身邊，喜歡著我，我幸福得要死。櫻貝的傳說是真的啊。」

凪沙拿起櫻貝舉起來，朝向我。

「接下來，輪到優海幸福了。為此我畫了藏寶圖，所以去找寶藏吧，要好好找到它喔。」

帶著一點惡作劇般的笑容，是我最喜歡凪沙的表情之一。

「忘了我，我希望優海比任何人都幸福。不幸福的話，我絕對不會原諒你。」

斬釘截鐵地說完後，凪沙嘴唇微微顫抖，這次用快要哭出來的聲音說。

「……不過，要是你偶爾能想起我，我會很開心的……偶爾一次就好。抱歉，我太任性了。」

最後幾乎泣不成聲。

「……優海，我愛你。拜拜。」

凪沙笑容滿面地一邊流淚一邊揮手，影片到此結束。漆黑的螢幕上，映照出我淚流滿面、皺成一團的臉。

嗚啊啊啊啊，我的喉嚨發出無聲的尖叫。

抱著凪沙，我嚎啕大哭。驚訝發現自己竟然會有這麼多眼淚的哭個不停。

我哭到臉頰、嘴唇、下顎、脖子、胸口、衣服全都溼透，即使如此，眼淚還是停不住。

我連著哭了好幾個小時，回過神來時，天色已經全黑了。

沒人在家的房子，凪沙已經不會來的房子。

在我因絕望的寂寞而痛苦不已時，忽然有個東西碰到我的身體，發出哐噹一聲。我一看，是凪沙的燈籠。

想起凪沙說過畫了藏寶圖的話，我迅速坐起身來，緊緊抓住燈籠。

而後，我在夜晚沙灘的邊緣，看見小小的貓咪圖。貓岩，我小聲地說。

下一個瞬間，我站起來，飛奔出家門。

我一邊氣喘吁吁地在夜晚的道路上，往海邊全力奔跑。一邊在心裡一遍遍喊著凪沙的名字。

我跑下防波堤樓梯，到了沙灘上。被全白月光照亮的，有我們珍貴回憶的地方。

我停下來調整呼吸後，邁開步伐。

踩著沙子，我緩緩前進。

凪沙說過，這片沙灘就像月亮的沙漠一樣。月亮的沙一定是這個顏色。

雖然凪沙說自己是現實主義者，但在我看來，她是非常有想像力而浪漫的。所以才想到要尋寶吧。

我來到藏寶圖標示的地點，尋找我們的寶物。地標是貓岩。凪沙很喜歡的，貓咪形狀的岩石。我在它前面坐下，鏟開沙子。

立刻就發現了——櫻貝的項鍊。

我以為已經流乾的淚水，又奪眶而出。我握著凪沙的碎片，貼近胸口。

找到這個貝殼時，我想也不想地立刻送給凪沙。對我來說，最希望這個人能幸福的，是凪沙。

還年幼時，父親就去世了，母親也消失了，但她沒有任何抱怨，沒有示弱，拚命生活，凜然堅強，比任何人都溫柔的女孩。

相遇的瞬間，我就喜歡上了凪沙。希望她充滿笑容，所以我近乎執拗的跟她說話，不容她說不的帶著她到處跑。

我把櫻貝給我最喜歡的凪沙，希望她能擁有多一點幸福。我有喜歡的家人、喜歡的凪沙，已經無比幸福了。

但是凪沙把半個櫻貝還給我，笑著說「優海拿這片」。然後，接受我的心情，對我說「一起幸福吧」。凪沙一定不知道，那時候我有多高興。

然後凪沙再給了我一個櫻貝。留下希望我能幸福的留言，把自己這份幸福全部都給我。

我攤開手掌，看著那脆弱而美麗的櫻花色貝殼。手腕上繫著凪沙做給我的幸運繩。

另外一隻手伸進褲子口袋，裡頭有凪沙買給我的手帳。

我現在近乎疼痛的意識到，那時笑著說「稍微早一點的生日禮物」的凪沙，就已經做好心理準備了。

我的心顫抖著，我是這樣的被凪沙的愛與溫柔包圍的啊。

即使悲傷寂寞得不得了，還是從心底湧起一股溫暖的感覺，宛如照亮黑暗的光芒。

我緩緩站起來，握著櫻貝轉頭。

一望無際的景色，吸引我的目光。

月光照耀著海洋。風息吹拂。波濤盪漾，星光閃耀，雲朵飄搖。

沒有凪沙的世界，依然美麗無比。

我必須在這裡活下去。

寂寞、悲傷、痛苦。但是，必須活下去。

因為這是凪沙的願望。因為凪沙祈求我的幸福。

我想要實現凪沙的願望。所以，我會活著。

我告訴自己，沒問題，我可以活下去。

因為我有凪沙給我的愛與溫柔，所以我可以活下去，必須活下去。我懷著海一般深遠的愛，與風一般連綿不絕的溫柔，在這個沒有凪沙的世界裡，幸福的生活。

我堅定地，對心中的凪沙起誓。

我看著有神明存在的海洋，現在我所求的，只有一個。
希望凪沙能在沒有悲傷與痛苦的世界安息。
其他的願望無法實現也沒關係，我只希望這個願望能實現。
吹過夜晚海洋的風息，照耀白色沙灘的月光，一定會把我的祈禱傳達給神明吧。

【完】

後記

非常謝謝各位在眾多作品中選擇了本作。

不好意思，在這邊提到自己的私事。去年，我的長子誕生了。這本《向海許願、向風祈禱、而後向妳起誓》是我產後所寫的第一部作品。

被陌生的育兒生活追著跑，已經半年多沒有寫作了，但在忙碌的日子裡，腦中始終想著「下一本小說應該寫什麼呢」。

過去，我一直以青春期懷抱著各種煩惱的自己，以及成為教師後，想給遇到的學生們的話為主題，創作希望他們能閱讀的作品。

不過，在已生兒育女的現在，我想寫一些當我的孩子長大後，希望他能閱讀的故事。

有一天當孩子成長，有什麼煩惱的事、痛苦的事、遇到挫折的時候，不一定會和父母商量。我自己也有因自尊和尷尬使然，無法事事都和爸媽說的記憶。青春期就是這麼回事。正因為如此，我想用小說的形式，留下我的孩子煩惱痛苦時想告訴他的話、希望他知道的事。雖然我不知道他會不會看（笑）。

人活著，會經歷許多悲傷與痛苦，會遇到一件又一件不順心或無能為力的事情。也會失去喜歡的人或重要的人事物。偶爾還有覺得自己被困在永不停歇的雨中，被關在永不天明的夜裡的時候。

這種時候我常常想，人必須要獲得能克服煩惱、即便大聲哭泣，也能吞下痛苦活下去的勇氣。

我希望本書中蘊含的訊息，能稍微在各位讀者心中產生一點點共鳴。

最後，託迄今閱讀拙作的各位、一直支持我的各位、在網站上閱讀本作的各位、參與書籍化的Stars出版的各位的福，才能讓這部作品以此種形式問世，我衷心感謝。

二〇一八年八月 汐見夏衛

本故事為虛構，與實際存在的人物、團體等一概無關。

國家圖書館出版品預行編目(CIP)資料

向海許願　向風祈禱　而後向妳起誓 /
汐見夏衛著 ; 猫ノ助譯 . -- 初版 . -
臺北市 : 臺灣東販股份有限公司,2024.10
252 面 ; 14.7╳21 公分
ISBN 978-626-379-598-3 (平裝)

861.57　113013184

向海許願　向風祈禱　而後向妳起誓

2024年10月1日　初版第一刷發行

作　　者：汐見夏衛
譯　　者：猫ノ助
編　　輯：魏紫庭
發 行 人：若森稔雄
發 行 所：台灣東販股份有限公司
＜地址＞台北市南京東路4段130號2F-1
＜電話＞(02)2577-8878
＜傳真＞(02)2577-8896
＜網址＞https://www.tohan.com.tw
法律顧問：北辰著作權事務所蕭雄淋律師
總 經 銷：聯合發行股份有限公司
＜電話＞(02)2917-8022

TOHAN